KB165116

_____에게

삶을 길에서 묻다

삶을 길에서 묻다

초판 1쇄 인쇄 | 2018년 10월 24일
초판 1쇄 발행 | 2018년 10월 30일

지은이 | 방민
펴낸이 | 지현구
펴낸곳 | 태학사
등   록 | 제 406-2006-00008호
주   소 | 경기도 파주시 광인사길 223
전   화 | (031)955-7580~2(마케팅부)·955-7585~90(편집부)
전   송 | (031)955-0910
전자우편 | thaehak4@chol.com
홈페이지 | www.thaehaksa.com

값은 뒤표지에 있습니다.

ISBN 979-11-6395-001-1 03810

삶을 길에서 묻다

방 민

태학사

서문 길과 삶

　인생 정답은 있는가, 없다. 해법은 없는데 문제는 풀어야하니, 그 앞에 놓인 길을 걷는다. 그냥 길 따라 걸어가듯 살아간다.

　발길 닿는 길을 무심히 걷다보면 배낭에 지고 온 문제 보따리가 가벼워지며 한둘 풀려간다. 걸으며 보낸 시간이 해결한다. 길 위에서 혹여 마련한 건 내가 사는 방식이 답은 아닐까. 인생은 그야말로 주관식이니까. 주관식 문제이니 그 해답도 주관식이어야 옳다. 걷는 길이 인생 문제이며 동시에 모범 답이다.

　배려와 착한 마음으로 누가 기꺼이 나서 안내해도 받아들일 생각은 없다. 그건 내 것이 아니기 때문. 아무리 길바닥 푹신해도 주변 풍경 아름다워도 그 길은 사양한다. 오로지

나에게 주어진 길, 혼자 발길로만 갈 수 있는 길을 걷고자 한다. 짧은 길이어도 할 수 없고, 멀고 험한 길이라도 마다하지 않는다.

걸으며 뒤늦게 인생 깨우친다. 틈만 나면 쉼 없이 길에서 삶을 묻는다. 새로운 길을 만들 수는 없어도 오직 물음만이 나에게 주어진 숙명임을 느낀다. 이 땅에 한 생명체로 던져진 날로부터 마감 날까지 묻는 것만이 오롯이 할 수 있는 전부다. 삶을 묻기 위해서 걷고, 걸으면서 물으며, 또 걷는다.

2018. 해파랑길에서 方 롱

차례

1부
가파도 청보리

감포항

감포항이 보이기 시작한다. 지금 서 있는 자리는 송대말 등대다. 감포항이 아주 멀지도 않고 가까이 달라붙지도 않은 거리다. 이곳이 항구 주변을 바라보기 적당한 지점인가 보다. 멀리서 보는 항구는 아름답게 눈 속에 파고든다. 걷느라 지친 다리 피로까지 한풀 가벼워진다. 감포항이 보내는 미소에 반응하는 몸 감각 속도가 빠르다.

감포항은 해파랑길 11코스 종착지다. 감포는 문무대왕 수중릉과 감은사 가까이 있어 널리 알려진 곳. 이 노선을 걸어오며 만나는 항구는 전촌항도 있었다. 우리는 수중릉이 보이는 봉길리 해변부터 걷기 시작했다. 지금까지 걸어오며 유일하게 차량으로 이동해야 하는 구간이다. 나아 해변에서 버스로 터널 길을 통과해야 한다. 지난해 걷다가 10코스를 마치

11

고 귀가했다. 다시 시작하며 차량 구간을 건너뛰고 11코스를 걷는다.

감포항이 멋지게 눈을 자극하는 거리에 오자 생각이 따른다. 얼만큼 떨어져야 최적 거리일까. 조그만 야생화를 찍을 때는 근접 촬영해야 할 거고 일출 광경을 파노라마로 찍으려면 상당히 먼 거리에서 초점을 맞춰야할 것이다. 피사체에 따라서 적당한 거리가 반드시 있다. 아마추어도 이런 상식을 알고 있으니 전문 사진가라면 피사체마다 더욱 세밀한 거리가 분명 있을 게다.

피사체 풍경이 아닌 사람 사는 세상 바라보는 거리도 있을지 생각이 그리 흘러간다. 감포항 보기 좋은 지점이 송대말이라고 느꼈다면, 분명 세상을 알맞게 아름다이 바라볼 수 있는 거리가 아마도 있으리라. 어떻게 보고 싶어 하는지 매이긴 하겠지만. 널리 펼쳐서 바라보고 싶을 때 필요한 거리, 보다 밀착해서 알고 싶을 때 요구되는 거리, 내면을 파헤쳐보고 싶을 때 맞는 거리, 보고자 하는 속살과 거죽 선택에 따라 퍽 다양한 거리가 있을 터, 세상 역시 그러하지 않을까.

경제학에서 주로 쓰는 용어로 미시와 거시가 있다. 세밀하게 보고자 하는 경우와 큰 틀에서 광범위하게 보고자 할 때의 구별, 과학계에서 물상 관찰에 필요한 도구로는 생물학에서 주로 쓰이는 현미경과 천체 물리학에서 사용하는 망원경 용도가 다르다. 그렇다면 인생을 대하는 적정한 거리는 얼마쯤일까? 문득 궁금해진다. 걸어온 인생을 생각할 때 가까이 다가가 미시로 볼 것인지, 아니면 크게 멀리 보려고 거시로 떨어져 바라볼 것인지 그게 헤아리기 어렵게 다가온다. 현미경으로 세밀하게 볼까, 망원경으로 멀리 두고 바라볼까. 인생도 어느 편에서 보아야 좋을지, 아니라면 양면을 합해 보는게 좋을지 이 순간 분간이 안 선다.

감포항이 가까이 다가온다. 근접해서 보는 감포항은 아까 송대말에서 멀리 떨어져 바라보던 풍경과 다르다. 낭만으로 보이던 감포항에서 현실 삶터 감포항으로 바뀌자 원경으로 보며 다가왔던 항구의 아름다움은 어느새 배낭 속으로 슬며시 얼굴을 붉히며 숨어버린다. 송대말에서 바라본 감포항과 부두에서 피부에 부딪힌 감포항이 이렇게 다를 수 있을지 혼란스럽다. 금세 피곤이 밀려와 종일 걸어온 발바닥에 달라붙는다.

멀리서 보는 게 한결 아름다웠다고 발바닥부터 타고 오른 피곤이 말한다. 숙소에 도착하면 아마도 온몸으로 퍼져 아까

13

보았던 감포항 이미지와 다르게 두뇌에 저장될 터이다. 100미터 미녀가 10미터 을녀乙女로 변하듯 서로 다르게 감포항 이미지는 부둣가 그물처럼 뒤엉켜 남으리라. 누가 감포항에 대해 묻는다면 어느 쪽을 말해야 할지 잠시 고민스럽다.

시선 대상에서 멀리 떨어져 감포항을 아름답게 보았듯 세상도 적당하게 떨어져 바라보며 살면 좋지 않을까. 물론 별 볼 게 없는 인생이라도 이렇게 멀찍이 떨어져 보면 조금 더 멋지지 않을까. 명예도 재물도 사랑도 멀리 두고 바라보는 게 더욱 아름답지 않을까. (2018.2.)

남자의 바람기

바람은 불어야 바람인 줄 안다. 불기 전엔 어떤 징후도 평상인 눈으론 발견하기 어렵다. 머릿결을 간질이거나 나뭇잎이 흔들릴 때 비로소 바람을 만난다. 움직이지 않는 것은 바람이 아니다. 바람은 움직임으로 자기 존재를 증명한다. 그 어딘가에 숨어 있을 땐 바람이 아니다.

바람은 보이지 않지만 바람 행태는 보인다. 잡히지 않고 보이지 않는다고 존재를 부인할 수는 없다. 세상에는 감각으론 인식할 수 없는 무형 상태로 세상에 나와 있는 것도 언제나 있기 마련이다. 봄날 나른한 온기도 그렇고, 여름철 찌뿌둥한 열기 또한 그렇다. 가을에 만나는 청량한 대기나 한겨울 쭈뼛한 한기도 예외는 아닐 터.

마음에서 부는 바람은 더욱 보이지 않는다. 깊은 곳 숨어

지내는 마음 한자리에서 일어나는 바람은 낌새마저 알아차릴 수 없다. 내 마음이라고 모두 알 수 있는 것도 아니다. 마음 스스로 일어나는 바람을 낸들 어찌 다 알 수 있겠는가.

남자의 바람 진앙은 여자와 다르게 태어난다. 남자는 바람 샘이 무척 깊고도 넓다. 여자보다 두텁고 넓은 가슴은 아마도 바람 샘이 달라서 그런지 모른다. 남자 가슴에서 부는 바람은 언제나 잠재한 바람이다. 작은 자극에도 이내 소용돌이를 일으킨다.

남자에게 바람이 없다면 남자가 아니다. 남자는 모두 바람을 타고 나서 남자다. 바람이 없다면 남자이기를 거부하거나 남자로 살고 싶지 않은 사람뿐이다. 남자에게 바람은 존립 근거이자 원형질이기 때문이라 불러도 좋으리라.

남자의 바람은 불지 않고 피우는 바람이다. 가슴에 차올라 일어나므로 겉으로 바람은 불지 않는다. 내연內燃하는 바람이다. 자신은 보지 못한다. 남에게만 보이는 바람결이라 피우는 바람이 된다. 담배를 태우고 산을 태우는 바람도 시작은 작은 불씨에서 피어오르기 마련.

남자는 바람으로 초원을 달리고 세상을 향한다. 바람이 크게 타오르면 자연 바람에 맞서 불기도 한다. 알렉산더나 칭

기즈칸의 바람은 초원을 뚫고 사막을 건너 광야를 향해 불었다. 그 바람은 생각을 흔들고 문물을 바꾸고 인류를 섞어 스스로 역사를 만들었다.

바람은 잘못 불기 시작하면 정처를 잃고 회오리바람이 되기도 한다. 바람이 방향을 잃으면 인간에게 상처를 주고 질서를 파괴하며 세상을 무너뜨린다. 바르게 불게 하려면 바람을 막아서기보다 길을 터주어야 한다. 바람은 길 따라 지나가면 되돌아오지 않기에.

남자의 바람은 세상을 만들고 바꾸어가는 원초 에너지다. 남자의 바람기를 탓하기보다 잘 다스릴 방도를 궁구하는 게 현명하다. 못된 바람이라도 불 때는 살아있는 것이라서 인류 행복을 위해 언젠가 쓸 기회를 마련할 수 있지 않겠는가.

멈춰선 바람이기보다 성난 바람이라도 불어야한다. 바람 폐해가 무섭다고 정지하게 해선 우주 만물이 자랄 수 없고, 세상도 제대로 돌기 힘들다. 미친바람이라도 없는 바람보다 낫다. 죽어서 극락에 가는 것보다 꿈틀대더라도 살아 있는 게 더 좋지 않은가. (2017.2.)

으악새 슬피 우니

고복수가 부른 '짝사랑'은 널리 알려진 흘러간 노래다. 노랫말 중에 "아~ 아~, 으악새 슬피 우니 가을인가요."가 특별하다. 으악새와 가을의 연상, '으악새'가 억새풀이라는 건 노래를 알고 나서도 한참 뒤까지 몰랐다. 슬피 운다 했으니 당연히 새인 줄로만 알고 노랠 즐겨 불렀다.

억새와 갈대는 생김새가 다르나 가을 풍경의 주인공이라는 점에선 유사하다. 갈대 역시 노래에서 자주 불린다. 박일남이 불러 유명해진 "사나이 우는 마음을 그 누가 아랴, 바람에 흔들리는 갈대의 순정"이란 노래도 꽤 유포되었고 당시 베스트 가요였다.

이미 대중에게 가요로도 잘 알려진 억새와 갈대는 가을 상징 이미지가 겹치긴 하지만 다른 건 없을까 모르겠다. 노래에서처럼 억새는 짝사랑 이미지라면, 갈대는 순정 심상인가 싶기도 하다. 순정과 짝사랑도 내면 심리는 흡사하나 지향하는 바는 다른 게 있을 터. 같은 듯 다른 둘은 노래에서 불리는 것처럼 표상表象이 분명히 다른가.

억새 줄기는 원기둥 모양이고 약간 굵다. 가을 무렵에 줄기 끝에서 산방꽃 차례를 이루어 작은 이삭이 빽빽이 달린다. 갈대 줄기는 거칠고 크며 길게 가로 뻗는다. 습지나 갯가, 호수 주변 모래땅에 군락을 이루고 자란다. 백과사전에서 보자면, 억새와 갈대는 다른 식물인 게 확실하다.

갈대는 고개를 숙이고 매달린 이삭이 작은 열매처럼 보인다. 달린 무게로 목을 꺾고 있다. 바람이라도 세게 불면 줄기가 부러질 것 같지만 쉬 꺾이지 않는다. 보고 있자면 아줌마 한 무리가 모여 수근 대는 수다가 떠오른다. 쓸모도 없는데 그치질 않는다. 한번 시작하면 정지할 줄 모른다. 슬쩍 곁에서 들어보면 알맹이는 별반 없다. 애초 품은 소녀 순정純情은 삶의 물결을 따라 멀리 보내고 일상 푸념만 남았나 보다. 세월 바람에 지지 않으려 앙버티는 게 저문 녘 갈대를 보는 듯 안쓰럽다.

억새는 아가씨의 짝사랑 하소연이 생각난다. 닿으려고 손을 뻗쳐보아도 결코 이룰 수 없는 가녀린 애절함이 묻어난다. 하얀 솜털이 바람이 흔들리면 하늘하늘 스카프로 얼굴 홍조를 가리려 돌아선 모습이다. 가슴에 차오르는 사랑의 감정이 바람에 날아갈까 입술을 꼭 다물고 있는 것처럼, 더욱이 호젓한 산길 모퉁이에서 억새를 만나면 짝사랑을 들킬까 봐 부끄러워 숨은 듯 뭉클하다.

억새를 보고 있자면 짝사랑의 은밀한 설렘을 느낀다. 억새밭이 무연히 펼쳐진 곳은 가냘픈 순수함이 사라져 버린 듯 허전하다. 남몰래 짝사랑하던 꿈속 그녀를 번잡한 시장 통 구석, 입술에 뻘건 국물을 묻히고 떡볶이를 먹고 있는 걸 본 듯, 순정順貞한 짝사랑이 폭풍에 날아간 것처럼 당황스럽다. 억새는 산 길가 한 모퉁이에 작은 무리로 숨어 있다가 지나는 길손이 우연히 발견해야 참 맛이 난다.

갈대는 잊힌 첫사랑 추억을 생각나게 한다. 청년 시절 남산 길을 걸어 내려오다 그녀의 손을 맞잡은 손바닥에선 땀이 흥건했다. 풍성하게 달린 갈대 이삭은 그 시절 흥분을 불러온다. 추억은 달콤하나 그녀가 떠난 현실은 고개가 꺾인 갈대처럼 바람에 버티는 모습은 힘겹다. 첫사랑은 떠나도 삶은 이어가야 하듯 바람 따라 서걱대는 해안가 갯고랑 갈대를 보면 하루하루 삶을 보는 듯 정녕 고단해 보인다.

억새는 산에서 마을을 내려다보는 바람결 조망에 어울린다. 산에서 살아서일까. 지상에서 하늘로 향하는 상승 이미지랄까, 유동적이고 불안한 설렘을 느낀다. 아가씨의 정처 없는 마음 갈등과 닮았다. 심란心亂은 하나씩 바람에 날려 보내고 가벼운 몸으로 다음 해를 맞이하면 어떨까. 억새에게 주고 싶은 충고 한 자락 있다면 아마 이것일 터. 이런 억새를 품고 싶다, 저무는 가을날엔.

갈대는 강가나 바닷가 물결을 고개 숙여 내려다본다. 낮은 물가에 자리 잡아서일까. 되돌아보는 하강 이미지다. 삶의 여유가 묻어나는 중년 고집이나 따분함을 읽게 한다. 바람처럼 멀리 떠나고 싶다가도 붙안고 있는 현실이 그리 무거운가. 갈대가 고개를 숙이고 숙고하는 자세를 보이는 이유를 도란도란 얘기하고 싶다, 쓸쓸한 가을엔.

억새가 미래 소망을 향한 염원이라면, 갈대는 과거 미련에 대한 회한이다. 억새는 바람에 날아가기 가볍다. 바람과 다투려 하지도 않는다. 소망을 이루려면 심신을 가벼이 놀려야 하듯 욕심의 고단한 무게를 줄여야 한다. 줄어든 욕정만큼 미래로 날아가기 쉽기 마련이다. 버려야 할 과거를 집착처럼 달고 있듯 이삭에 늘어진 갈대는 힘겹다 못해 짠하다. 미련이 달라붙고 회한을 아직 마음에 담아두어 그런가 보다.

억새와 갈대를 보면 세상은 같은 듯 다른, 삶의 연속이란 걸 깨우치게 한다. 그들을 만날 땐 다가올 인생 겨울을 예비하는 마음을 품는 것도 좋겠다. 순정은 사라졌고, 짝사랑 열정은 희미해졌을지라도 아련한 추억만은 가슴에 담아두어야 하지 않겠는가. (에세이피아, 2017년 가을호)

가파도 청보리

여러 차례 벼르던 제주 서귀포 남쪽 가파도에 왔다. 청보리 잔치로 널리 알려진 가파도 보리밭. 신이 난 파도가 보리밭 너머로 넘실댄다. 보리는 뭍의 자잘한 사연에 휘둘리지 않고 생명 본능대로 잘 커 태평양 해풍에 몸을 맡긴 채 여유롭고 성숙한 자태다. 거센 바람결에 쉴 새 없이 흔들리면서도 그들은 한 뼘 한 뼘 하늘 향해 키를 높이고 몸피를 불리며 내면 성장을 거듭했을 것이다.

거센 태평양 바다 바람에 흔들리며 자라는 보리야말로 기름지고 고소한 제 맛을 품을 게 틀림없다. 비록 쉴 새 없는 바람으로 뭍 보리처럼 멀쑥하게 자라지는 못할망정, 위로 크는 대신 껍질 속 알곡은 풍미를 한층 깊게 채웠을 터이다. 가파도 청보리만은 아닐 것이다. 노인 이마에 깊게 파인 주름

1부 가파도 청보리

은 숨길 수 없는 시련의 증표임에 다름없듯, 내면 성숙을 갖추기 위해선 그만한 고통을 견뎌야 하고, 아픔의 시간 속에 숙성하지 않으면 안 된다. 시련으로 흔들리지 않고서야 어찌 단단하게 속이 여물어지겠는가.

세상 바람에 시달렸을까? 유난히 작은 키를 숙명처럼 달고 산다. 바람에 주야로 흔들리며 자라는 가파도 보리를 보니 동질감에 괜스레 뭉클하다. 가파도 보리는 원래 크게 자라지 못하는 씨앗일까, 바람 센 섬에 자라다 보니 그리 되었을까. 보리 이삭을 붙잡고 물어볼까 잠시 걸음을 멈추고 보리밭 가까이 다가선다. 그때 친밀하게 다가오던 보리 이삭이 바람결에 조금 멀어진다. 이리저리 부는 바람은 멋대로 심술이 났는지 우리끼리 가까워지는 걸 시샘하는지 계속 방해 모드다.

베이비붐 세대라 가난한 시대를 건너왔다. 보리밥 세 끼도 제대로 먹어보지 못하며 어린 시절 버텨왔다. 유난히 작은 키도 팔 할은 그와 관련 되었으리라. 그러나 어쩌랴, 한 톨 존재라도 생명 의지는 가상하였으니 가파도 청보리처럼 특유의 맛으로 잔존하였다. 무심한 듯 세월이 흘러 보리가 특별한 대우를 받는 세상으로 변전한 이제, 그 몰아치는 바람을 관통하며 튼실한 알곡으로 거듭나려 발버둥 쳤다. 시간 바다를 지나 변화의 늪을 건너 가파도 청보리 앞에 섰다.

그 순간 바람소리인지 청보리 이삭이 중얼거리는 건지 분간할 수 없는 소리를 희미하게 들은 듯하다. '그걸 알아서 무얼 하게요. 이제 와 안들 무엇이 달라지나요?' 어쩌면 심중 어디에선가 들려오는 소리인지도 모른다. 하긴 이제 그런 것을 안들 어쩔 것인가. 바람에 흔들려도 알곡을 정성스레 키워가는 보리처럼 앞에 놓인 인생길을 자박자박 걸어가야 하리. 어느 날인지 거두게 될 그날의 충실한 수확을 위해서. 부두로 향하는 길가 청보리가 활짝 웃으며 배웅의 손을 마구 흔들어댄다.

가파도 청보리 밭은 파도가 밀어내는지 눈에서 점차 멀어져 간다. 모슬포항이 슬며시 눈에 들어온다. 가파도에서 산 청보리와 미역 봉지를 들고 내린다. 뭍으로 가면 보리밥에 미역국을 끓여 가파도 바람을 맛보아야겠다. 보리알을 씹으면서 그 고단했을 역정을 떠올릴 것이며, 미역 줄기에선 바다 속삭임을 들어볼 참이다. 가파도는 삶이 고단할 때는 언제나 내게, 바람에 흔들리던 청보리와 푸른 바다를 기억나게 할 것이다. (2014.12.)

우리의 소원

"우리의 소원은 통일~, 꿈에도 소원은 통일~" 국민학교라 부르던 시절부터 교과서에 실려 퍼졌기에 한국인에게 가장 널리 알려진 노래 중 하나일 것. 그만큼 모르는 사람이 없는 이 노래가 요즘처럼 마음에 다가오는 경우도 흔치 않다. 우리 민족의 소원 중 하나가 통일이라는 것을 부정할 사람은 별로 없을 것이기 때문.

해마다 새해가 되면 떠오르는 해가 잘 보이는 전국 곳곳에선 신년 일출을 보러 사람이 몰려간다. 해말간 얼굴로 산과 바다, 들판 위로 올라오는 해를 보려고 그러는 것만은 아니다. 저마다 품은 소원 빌어 성취하기를 바라는 간절함 때문이다. 세상 살아가면서 누구라도 소원 한 가지씩 없는 사람은 없다. 인생을 바람에 날려 보낼 사람이 아니라면 해마다,

어쩌면 해가 떠오르는 날마다 무의식 아래 깊은 욕망의 암석층 동굴에서라도 남몰래 소원을 품거나 빌고 있을 터이다. 곰과 호랑이처럼 쑥과 마늘을 씹어가며라도.

일출을 보면서 비는 소원은 얼굴이 다르듯 차이가 날 일, 원하는 바와 인생살이가 다르니 그럴밖에. 우물에서 더운 김 솔솔 나는 숭늉 맛 소원을 찾는 사람도 있을 게고, 감나무 아래서 입 벌려 홍시가 뚝 떨어지듯 달콤한 소원 얻기를 빌어보는 사람도 있을 것. 애국지사를 숭모해 민족의 소원을 비는 농익은 과실처럼 성숙한 태도를 보일 수도. 배포가 남달라 여러 소원을 한몫에 빌기도 할 것이고, 이미 세상 섭리를 달관한 사람마냥 아무런 바람을 품지 않고 나날이 성실하게 살리라 다짐도 하겠지만, 이래저래 소원은 인생에서 곁다리로 방구석에 치워둘 허접쓰레기는 아니란 걸 제가끔 돌아보리라.

저마다 품는 소원 속살이 부드러운지 거친지 들여다보기도 사실 민망한 일. 너나없이 인생길 넘어가기 거친 언덕이 잦은 세상에 남 인생행로를 참견할 만큼 한가하지 않고 관심도 가지 않기 마련이라서. 또 만약 배려심이 넘쳐 타인의 삶을 간섭하거나 충고 하려 해도 불쾌한 대접을 받을 뿐 선량한 의도마저 돌 맞기 십상이기에. 그런데 단일 민족을 유별나게 자랑해온 우리의 통일 소원은 그리 할 수 없으니 누구라도 얘기해볼 만하다. 민족 통일은 통일이되 그 통일의 실제 속내가 무엇일지 곰곰이 따져봐야 해서.

백범 김구 선생이 원하던 통일도 있고, 김대중 대통령이 원하던 바도 있다. 또 대한민국 국민이 각각 원하는 통일도 있고, 현 촛불 민심 정부가 원하는 것과 김정은이 원하는 것, 북한 주민이 바라는 통일도 있을 것이다. 이처럼 하나씩 모래알 고르듯 살 고운 체로 걸러나간다면 원하는 통일론 숫자는 엄청나게 늘어나겠다. 각자 놓인 자리와 미래를 바라보는 시선, 역사에 대한 인식과 이념 색깔에 따라서 그 수는 어쩌면 헤아리기 어려울 수도 있다. 하여 다른 사람이 원하는 통일 내용은 알 수 없으되 내가 원하는 통일관은 말할 수 있지 않을까. 어느 누구라도 원하는 통일을 말할 수 있어야 하고 이게 모여 통합된 국민 통일론이 가능하다면 좋은 일이 아닐까.

나는 자유 민주주의 평화 통일을 소원한다. 통일 밥그릇에 담긴 곡물은 개의치 않고 하나의 그릇이면 된다는 식의 일부 통일 지상주의는 결단코 반대한다. 어떤 정치 형태든 문제 삼지 않고, 어떤 경제 방식을 고르던 개의치 않고 민족끼리만 굴비두름처럼 묶이면 다른 것은 문제 될 게 없다는 그런 혈통주의 통일도 바라지 않는다. 공기에 담긴 밥의 재료와 상태는 제대로 살피지 아니하고 허겁지겁 허기 채우듯 통일 숟가락을 놀리긴 싫다. 그런 통일을 하느니 차라리 지금 이대로 자유로운 민주주의 대한민국에서 살기를 진정 소원한다. 지금껏 익숙하게 받아온 자유 밥그릇을 버리고 상표만 통일표가 화려한 그릇을 비싸게 사고 싶지 않다.

남녀가 사랑하는 마음 없이 한 집에서 살기만 하면 그것이 바람직한 결혼 생활이라 할 수 있는가. 그 집안 부부가 서로 사랑하고 존경하며 평등한 상태로 사는 삶이 아니라, 가정 폭력으로 한쪽 인권이 심하게 억눌리는 일이 있거나, 밥술은 제대로 뜨면서 살아가는지, 가장의 독재 경영으로 다른 가족이 삶의 자유를 누리지 못하는 건 아닌지를 하나씩 따지고 살펴야 한다. 만일 그러한 것을 채우지 못한다면 결코 바람직한 혼인 생활, 온전한 가정이라 할 수 없지 않을까. 우리는 물건 하나를 고르더라도 외면 디자인만 보고서 선택하는 세 살배기 어린애가 아니지 않은가. 작동하는 기능과 물품 안 상태를 꼼꼼히 살펴보고 값을 치루고 가져오는 게 정상일 것이다. 하물며 수천만 사람의 통일인데 그러한 살핌 없이 어찌되든 덜컹 하나로만 뭉치면 된다는 통일은 결단코 벌어져

선 안 될 일.

누구나 원하는 삶이 있고 바람직하게 생각하고 그려가는 인생이 있다. 통일 밥그릇도 마찬가지 아닐까. 그냥 밥그릇만 통일 무늬가 아니라 그릇에 담긴 밥이 참말 중요한 것. 모두 원하는 인생 밥그릇은 '행복'이란 밥이 담겨야지 다른 어떠한 것이라도 채우면 괜찮다는 아닐 것. 남 보기에 그냥 남녀가 한 집에서 붙어살기만 하면 모든 것이 만사 오케이가 아니듯, 그런 결혼 생활은 원하지 않는다. 우리의 통일 역시 그래야 하지 않을까. (2018.5.)

놀멍 쉬멍

제주도 올레 12코스를 걷다 탈이 났다. 도중에 쉬어야 하는 걸, 후회가 밀려온다. 몇 차례 신호가 있었으나 외면한 건 만용인지 무지한 건지 모르겠다. 몰아대는 제주 바다 파도만큼이나 통증이 강렬하다. '놀멍 쉬멍' 올레 정신을 잊었나보다.

녹남봉에서 간식으로 빵을 먹으며 잠시 의자에 배낭을 부렸다. 바람이 놀다 가라고 손길을 내밀었다. 나무 표정도 함께 외로움을 덜어주길 바라는 눈치였다. 애초 고집 부릴 일은 아니었다. 사랑하는 마음으로 그들과 시간을 함께 보내야 했다. 늘 지난 뒤에 뉘우치는 못난 둔감이 일을 그르쳤다. 이번에도 그런 경우였다. 쉴 때 다리는 괜찮았고 가야할 길은 남았으니 매정히 떨쳐 일어났다. 앵돌아져 작별 인사도 그들은 보내지 않았다.

아쉬움 담아 넣은 채 수월봉 천문대로 향해 오르는 길, 문득 신호가 온다. 그들의 기대를 물리치고 무정하게 작별해 원망이 여기까지 이어져 오는가. 진달래꽃 가는 길에 뿌려 놓고 잘 가시라 축복하는 게 아니라, 발병 나라고 악담이든 저주든 뿜어낸 것인가. 정말 발병이 난 것, 왼쪽 허벅지에 통증이 올라온다. 전에는 느껴보지 못한 아픔이요, 불편함이다. 발을 디딜 때마다 시큰대며 찌르는 듯하다. 발걸음 떼기가 점차 두렵다. 오르막길이라 그런가. 혹시나 하는 마음으로 약간 걸음 속도를 줄여본다. 별다른 차도를 느끼지 못하겠다. 참고 견디며 오른다. 눈앞에 펼쳐지는 수월봉 너머 파도가 손짓한다. 아픈 것을 호소하고 싶어진다. 파도를 내려다보니 어머니 약손이듯 잠시 고통을 잊는다.

당산봉에 올라서니 차귀도가 석양에 빛난다. 햇살의 붓칠에 눈이 번쩍 환하다. 바람도 피곤한지 보이지 않고 석양에 윤슬만이 조잘거리는 듯 정겹다. 파도마저 퇴근하고 집으로 갔는지 평온한 바다다. 혼자 보기 아까워 스마트폰으로 한 컷 담아본다. 누군가에게라도 보내야 할 것만 같다. 맛난 음식도 함께 먹어야 더욱 좋듯, 빼어난 풍경 역시 그렇다. 풍경을 망연히 바라본다. 이 시각 이곳에서 혼자 행복에 잠긴다.

올레 길에서 맛보는 절정이다. 우주와 나만이 합일할 수 있다면 이 순간이 아닐까.

걷는 길옆엔 푸른 생명이 출렁인다. 마늘밭을 보며 걷는 중이다. 바람도 생명이라 함께 희롱하며 대화하는 것처럼 보인다. 우주 생명은 바람이 아닐까 잠시 엉뚱한 사색에 잠긴다. 잠시 끼어볼까 기웃대보지만 저희만 속삭이는지 곁을 주려 하지 않는다. 억지로 밀고 들어가 자리 잡는다면 염치없는 짓이다. 가던 발길을 재촉한다. 길은 걷는 자, 떠나는 자를 위한 곳이다. 멈추며 남아있는 자를 위한 건 아니다. 길에서 정지는 본질을 훼손하는 일이다. 멈추면 안 된다. 아니 잠시 멈춤은 허용할 수 있지만, 가다 서면 길에 대한 예의가 아니다. 길은 움직이는 자를 위한 곳, 물러서지 않으려면 나아가야 한다. 이건 길에 든 자의 숙명이다. 생명을 받아 이 땅에 태어난 자는 어떻게든 살아내지 않으면 안 되듯, 살아가야만 하는 것이 목숨 받아 세상을 구경한 산 것의 절대 과제요, 지엄한 하늘 명령이다. 어찌 이를 어길 것인가. 다리 불편은 핑계거리일 뿐이다. 앞으로 발을 딛는다. 길이 존재하는 한 걸어야 한다.

세계 지질 유산이란 표지가 보이는 해변 길이다. 바다로 향한 벼랑에 지질 변화가 단면으로 보인다. 다양한 지층의 특이함에 잠시 발길을 멈춘다. 넘어진 김에 쉬어간다 하듯, 길가 의자에 앉아 지층도 구경하며 배낭에 담긴 것을 뱃속으로 장소를 옮긴다. 장소가 바뀌면 물건 상태도 변질한다. 지층 변화도 그런 것일 테다. 바닷속에 있던 게 지상으로 오면서 형질이 세월 따라 바뀌어 지금 보고 있듯 달라진다. 사람도 마찬가지 아닐까. 올레길 나와 도시의 나는 같은 듯 다르다. 장소가 다르기에 그런 것이리라. 이런 저런 길에 자주 나서는 것은 아마도 이 변화를 찾으려는 시도라고 이유를 애써 찾아본다.

오늘 올레는 무릉리 시작점부터 용수포구까지 17킬로 길이다. 사이사이 간식을 위해 잠시 쉬고는 마냥 걸어 보았다. 몇 해 전에 걸었던 산티아고 순례 길을 떠올리면서, 이 정도 거리쯤이야 조금은 얕보며 걸었다. 자신을 너무 믿은 건지, 올레를 무시한 건지 이런 자만과 돌진이 결국 탈로 이어졌다. 세월이 흐르며 신체도 조금은 달라진 것을 인정하지 않았는가, 그러길 싫었는가. 장거리를 쉴 새 없이 걸었다고 짧은 길이라 얕잡은 건 아닌지. 심사와 다르게 몸은 정직하게 반응하며 과오가 있었다는 걸 아프게 통증으로 증언했다. 심신이 따로 논 셈이었다.

일이 잘 풀려 나갈 때는 자신감이 넘친다. 그럴 때, 조심해야 한다는 충고를 듣는다. 사업도 그런가 보고, 인생도 그렇지 않은가. 세상 모든 것은 무리하면 탈나는 게 정상. 튼튼한 기계도 정비하면서 쉬게 해야 오래 쓸 수 있다. 그걸 외면하면 탈나고 결과는 손실로 마감하던 게 아니던가. 올레 12코스 길에서 또 하나 깨닫는다. (수필과 비평, 2017년 6월호)

* 놀멍 쉬멍: '놀며 쉬어가며'의 제주도 방언

여행 상수

걷는다, 배낭을 등에 매단 채. 발은 앞으로 향하고 눈은 주위를 살핀다. 코로 들이쉬는 공기에는 해초 냄새가 은근하다. 바닷가 모래밭이라 발이 쑥쑥 빠진다. 속도가 느릿하다. 해파랑 길을 걷는 중이다.

길을 안내하는 리본이 마을을 지나서 차도로 향한다. 차도와 나란히 이어진다. 가로등 기둥에도 리본이 달려 있다. 얼마쯤 걷다가 산길이나 마을길로 이어질 것이다. 찻길도 바닷길과 산길이 막힐 때 돌아간다. 차와 나란히 걷는 길이 마음에 들지 않는다. 차가 지나가는 소리도 불편하고 바로 옆을 스치는 차량도 불안하다. 다른 길이 없으니 잠시 따라 걷는다.

차가 앞에서 왔다 사라지고, 뒤에서 나타나 달아난다. 차창으로 누군가 힐끗 보는 것 같다. 배낭을 짊어지고 스틱을 휘저으며 걸어가는 우리를 보는 그는 무슨 생각할까 잠깐 궁금하다. 차를 타지 않고 왜 걸어갈까 의아해 할까, 차에서 내려 한 번쯤 걸어볼까 상상하며 부러워할까. 헛짓이라 흉을 볼까. 알 수 없는 채로 차를 맞이하고 보내며 걷는다. 저 앞 전신주에 리본이 펄럭이고 마을로 향하는 길이 보인다.

걷는 시작점까진 차를 탔다. 버스도 탔고 열차도 이용했다. 택시도 타면서 걷는 곳까지 왔다. 목적지까지 다 걸어가면 역시 또 차를 이용해 집에 돌아갈 것이다. 먼 거리는 여전히 차를 타고 도로 위로 이동하며 짧은 거리는 걸어 다닌다. 지금은 걸으며 보고 들으며 냄새도 맡아가며 여행 중이다.

길로 다닐 때 사용하는 편리한 도구를 인간은 여럿 발명했다. 자전거와 자동차, 배와 열차를 넘어서 항공기와 우주선까지 만들었다. 이동에 편리하고 오가는 속도를 높이려고 거듭 발달해 왔고 지금도 멈추지 않는다. 이런 속도로 가면 얼마나 대단한 것이 또 나타날지 알 수 없다. 하늘로 혼자 날아다니는 것도 나올 것이고 공중을 나는 자동차는 실용화가 멀지 않아 보인다.

세상에 태어나서 인간은 기었다. 다음엔 걸음마를 거쳐 걷기를 익혔고 더 빨리 옮기는 달리기도 학습했다. 이동하는 형태는 다르지만 타고난 몸 일부를, 전신을 써가며 공간에서 이동했다. 땅에선 걷지만 물에서는 헤엄칠 줄도 알게 되었다. 새처럼 날지는 못하나 비행기를 만들어내 새보다 높이 멀리 빠르게 날기에 이르렀다. 걷는 것보다 이동하기에 좋은 탈것은 많아졌다.

그래도 여전히 인간의 기본 이동 수단은 걷기다. 원시부터 지금까지 인간은 발로 옮겨 다녔다. 두 발을 사용하는 인간이 있고, 네 발을 쓰는 짐승도 있고, 날개를 파닥여 하늘을 나는 짐승, 지느러미로 물속을 헤엄쳐 다니는 물고기. 제자리에 붙박힌 식물과 다르게 동물이라 불리는 생명체는 모두 이동하며 산다. 이동하지 못하면 죽은 것이다. 움직이지 못하면 생존할 수 없다. 움직임 곧 이동이 생명과 다르지 않다.

나에겐 생존수단이었던 걷기가 지금은 생활 수단을 넘어 실존 수단으로 변했다. 걸으면서 여행하고, 여행하면서 실존의 생생함을 찾는다. 걸으며 몸으로 전해오는 움직임을 느끼고 살아서 꿈틀대는 충만감을 맛본다. 다른 어떤 행위를 하는 것보다 걸으며 세상을 대할 때 더욱 살아있다는 실감에 빠진다. 살아있기에 움직이고 발을 옮기면서 살고 있다는 느낌이 온몸에 흐른다. 가장 강렬하게 삶을 만끽한다. 걷는 순간엔 인생 허무를 몰아낼 수 있다. 전신으로 피가 돌고 내뿜는 숨결에서 미련도 날아가고 걱정도 털어지며 두뇌도 맑아진다. 온전한 생의 환희에 빠져든다. 살고 있음 그 자체다.

문명 발달로 조금 더 편하고 빠르게 이동하는 수단이 있다. 그것을 이용하는 여행도 한다. 사람들 중에는 자전거를 타고 여행도 하고, 다른 여러 교통수단으로 더 빨리 더 멀리 더 많이 여행한다. 분명 걷는 것보다 그런 도구를 이용하면 편리하고 좋은 것을 알지만 걷는 것보다 선호하지 않는다. 걷기 이상의 좋은 여행이 없으니 말이다.

몇 해 전 산티아고 순례 길을 걸었다. 자전거로 그 길을 달리는 사람도 적지 않다. 순례 길을 완보完步하고 받는 인증서 발행도 걷기와 자전거만 인정한다. 최소 도구를 이용한 여행이라 그런지, 가장 오래된 이동 수단이어 그런지, 인간이 스스로 힘을 써서 그런 것일 거다. 괴나리봇짐을 메고 다녔던 선조처럼 전통적 여행 수단을 높이 평가해 그런지도 알 수 없지만 그런 방식을 인정하는 것에 맘껏 동의 박수를 보낸다.

걸으며 공간을 이동하고 확대하는 경험은 차보다 느리지만 천천히 지나치며 남다른 사물과 더 깊이 교감하게 한다. 몸의 감각 기관을 둘러싼 외부 존재들과 다양한 방식으로 교류한다. 사물과 인간, 양자 대면이 외면의 형식상 스침이 아니라 내용적 스며듦을 만난다. 다른 두 존재의 진실한 울림이 오간다. 그런 과정이 좋고 그런 순간이 기쁘다.

누가 뭐라 해도 상수上手는 걷기 여행이다. 자전거 여행도 준 상수로 생각한다. 자동차로 여기저기 지점으로 이동하여 주변을 둘러보는 여행은 하수下手다. 많은 사람이 애용하는 이 방식은 여행 진수를 맛보기 어렵다. 흉내일 뿐 진실한 여행 참맛은 맛보기 어렵다. 걷기 여행은 내가 선택한 최고 방식이다. 그래서 오늘도 여기 해파랑 길을 걷는다. (2018.3.)

변하는 길

세상에서 변하지 않는 것이 있을까? 소동파가 '적벽부'에서 무궁무진하다고 했던 자연도 변한다. 자연이 변하는 시간은 줄잡아 10년이다. 옛말에 10년이면 강산도 변한다는 말이 그렇다. 변하지 않아도 좋을 자연인데 언제까지 변화할지 알수 없다.

제주 올레 7코스를 걸으며 변하는 길을 만난다. 몇 해 전과 길이 달라져 있다. 오늘도 변화하고 있을 길을 걷는다. 나무판자를 길에다 깔아놓았다. 일부 그 길이 손상되어 돌판으로 교체 작업을 하는 중이다. 길을 더욱 견고하게 만들려나 보다. 전에는 나무판자 길도 만나기 어려웠는데, 그걸 넘어서 돌판 길로 바뀐다.

제주도에 자주 들린다. 올 때마다 여기저기 바뀌는 모습을 본다. 새로운 길이 열리고, 없던 건물이 들어서고 있던 것이 새로운 형태로 바뀌고 쉴 새 없이 변화한다. 길과 건물이 새로 들어서니, 그에 따라 자연 모습도 부자연스럽게 달라져 나타난다.

자주 온다 해도, 거주하지 않는 관광객 위치에선 그런 모습이 낯설고 싫다. 전에 본 물건이 그대로 있거나 조금만 바뀌길 바란다. 정이 들려하는데 변색하고 다시 보게 되니 정을 품을 수 없다. 자주 표정을 바꾸는 여인과 어찌 사랑을 지속하겠는가. 변하지 않는 아름다움과 친절함을 간직하길 바라는 것은 당연한 바람이 아닐까.

제주도민 입장에서도 할 말은 있다. 오늘도 내일도 살아야 하니, 불편한 것은 고치고 바꾸며 살고 싶은 마음은 당연하다. 좋은 것은 보존하고 아끼며 사랑하는 것 못지않게, 나쁘고 밉고 보기 싫은 것을 바꾸고 싶어 하는 것을 이해하지 못할 바는 아니다.

과객의 입장에선 조금만 바뀌길 바란다. 전에 본 것과 다르면 익숙하지 않고 정이 가지 않는다. 제주도를 찾는 가장 큰 이유가 무엇인가. 청정하고 아름다운 자연이라면, 이것의 변화를 최소화시켜야 하지 않을까. 지나치게 바뀌어 손들 발길을 끊는 것을 도민도 바라지는 않을 것이다. 지금만이 아닌, 후손까지 생각하면서 변화 속도와 폭을 조절하길 바란다. 제주도에 앞으로도 계속 오고 싶어 하는 사람의 조심스런 심정 한 자락 펼침이다. (2016.3.)

2부
돼지국밥

행복합니다

요즘 행복한 마음이 그득합니다. 까닭은 단 하나. TV로 흘러간 영화를 맘대로 볼 수 있어섭니다. 비용도 얼마 안 들이며 자유롭게 골라 볼 수 있고요. 24시간 행복에 푹 잠겨도 좋을 지경이니 마음 안에서 쫓아낼 다른 도리가 없네요. 별달리 한 것도 없는데 소원하던 행복 선물을 받은 셈이니 꿈이면 깨지 말기를 바라고 바랍니다.

찰스 브론슨과 클린트 이스트우드와 존 웨인의 할리우드 서부 영화는 물론이고, 율 브린너의 〈왕과 나〉나 찰톤 헤스톤의 〈십계〉나 〈엘시드〉, 엘리자베스 테일러와 지나 롤로브리지다, 소피아 로렌 등의 여우가 나와서 커크 다글러스와 열연한 〈스파르타쿠스〉, 〈솔로몬과 시바〉 따위 영화를 소파에 느긋하게 기대어 맘껏 볼 수 있으니까요. 그뿐만이 아닙

47

니다. 영화가 아니라도 톡톡 튀는 재미가 입을 벌리게 하는 오락 프로그램이 TV 밖으로 튀어 나올 만큼 경쟁하듯 많은 건 덤이고요. 모바일 폰에도 역시 행복할 눈요기가 팝콘 터지듯 분방하니 21세기 행복한 대한민국 국민으로 살기 바쁘답니다.

집에 흑백 TV가 생긴 건 고교 시절이었죠. 사춘기를 막 지나 세상 보는 눈이 조금씩 까까머리 밤톨만큼 떠질 때였고요. 세로가 넓은 필름과 TV 화면 대칭이 맞지 않아서 얼굴이 길어 보여도 좋았어요. TV 주말영화 극장은 날짜를 세며 기다리는 프로였습니다. 밤이 늦어 졸음이 밀려와도 눈을 비비며 봐야 한 주를 미련 없이 보낼 수 있었지요. 그런 시절에 맘속에 숨겨 소망했던 삶의 목표가 있었답니다. 은퇴하면 시간에 쫓기지 않고 TV 영화나 맘껏 보면서 살 수 있기를! 인생 최고 목표였고 저만의 은밀한 미래 유토피아를 그렸었지요.

그런 꿈을 꾸었던가 싶게 까마득하게 그동안 무의식의 차가운 샘 아래에 밀어 넣고 살았습니다. 하루하루 그날그날 살다보니 어느새 일터에서 퇴직하게 되었네요. 아웅다웅 드잡이 세상일에서 벗어나 시간이 꿈인 듯 찾아왔군요. 요즘 TV 영화를 보면서 불현듯 갇혔던 샘이 터졌는지 잊혔던 꿈이

첫사랑 그녀를 만난 듯 둥실 떠올라 앞에서 웃네요. 반세기 시간이 흘러 기적처럼 그것은 현실이 되었습니다. 말 그대로 경천동지의 일이 벌어진 것이지요. 아무리 회전목마 돌 듯 돌고 돌며 생각해도 이걸 이루려고 노력한 적은 단연코 없지요. 모르는 새에 요런 세상이 덥석 폭풍처럼 몰아쳐왔다니까요.

그런데 집밖에 한 발짝 나가보면 저처럼 행복한 사람은 많지 않아 보이네요. 행복 목표가 저와 달라서일까요. 아니라면 행복 조건이 워낙 많아서일까요. 신문을 펼치고 방송을 보면 왜 저처럼 행복하지 못한지 조금은 보이고 들리네요. 청소년은 공부하기 힘들어 그렇고, 젊은이는 취업하기 어려워 그렇고, 취업해도 물가는 오르고 실질 소득은 떨어져 그렇고, 노인은 생활이 불안정해 그렇다 하네요. 행복한 이보다 불행한 삶이 더 많아 보이는군요. 우리나라 자살률과 이혼율이 세계 일등을 달린다지요.

그리고 보면 행복감은 얇은 유리그릇에 담긴 화채인지 모르겠어요. 조금만 잘못하여 떨어뜨리면 쏟아질 어떤 것. 화채의 달콤하고 말간 행복은 흔적 없이 사라질 것 같이 말이지요. 제가 행복하려면 다른 사람도 행복해 함께 누리는 게 좋겠지요. 그런데 말이지요. 나라밖을 보자면 테러가 연일 여

49

기저기 터지고, 자연 재해로 지구는 어지럽고, 나라끼리 대립과 갈등은 쉬는 날이 없으니 계속 언제쯤 잔잔할지 분간이 안 선답니다.

우리만이라도 편하게 돌아가면 좋으련만 불안 불통 불만 불황 소리만 자꾸자꾸 귓가로 밀려들어 오는군요. 실업률은 높아가고 경기는 내려가니 지금의 나라 경제가 그대로 유지되거나 나아질지 전문가들은 희망적이기보다 비관적 예상을 많이 쏟아내더군요. 여기저기 벌어진 사고는 세월호 사건을 겪고도 별달리 달라진 게 없어 보이는데, 촛불로 뽑힌 새로운 나라님은 눈물만 촛농처럼 흘리더군요. 국민 대표님은 삿대질로 날을 새우며 받을 세비만 올리고요. 검사 판사 영감님은 법의 정의를 세우기보다 유리한 줄타기에 더 열을 올리는 듯싶네요. 여기저기 반목과 갈등의 골은 깊어가는 데 탄식의 북서풍만 질펀하게 불어오는군요.

평화의 겨울 올림픽을 위해서 북한도 참석한다는 소식이 들리는군요. 그들이 온다고 얼마나 평화가 가까워질까 의문 눈덩이만 커져요. 말로만 멋지고 화려한 정치인 공약 연설처럼 다가올 봄 햇살에 녹아 스러질 것만 같아서죠. 머리를 짓누르는 북한 핵 바위덩이는 조금도 움직이지 않는데 말이죠.

핵 없는 세상을 위해서 원전 불도 잠가가며 용쓰는데, 정작 째깍째깍 목을 조여 오며 다가오는 핵은 요지부동이라 천하 태평 무신경하게 지낼 수도 없는데요. 좁다란 다락 논 한반도에서 핵미사일로부터 안전한 곳은 아무 곳도 보이지 않습니다. 이 땅을 둘러싼 나라들 셈법은 제 각각이니 어디에 기대기도 불안하고, 그들을 모르쇠하고 문제를 해결할 길도 난망하니 진퇴유곡에 갇힌 형세와 다르지 않군요.

한마디로 나라는 내우외환의 벼랑 끝 바윗돌 처지입니다. 살짝 밀면 천 길 낭떠러지로 급전직하할 것 같아 신문과 방송 보기가 맘이 불편하기만 한데, 해결 열쇠를 쥔 대통령님은 지하철역에서까지 환하게 웃으며 신간이 편하게 보이는군요. 그분만이 행복을 다 누리는가 싶기도 하네요. 불행한 많은 이웃에게도 그분 것 조금만이라도 나누어주십사고 간청이라도 해볼까요? 이제 또 다시 미래로 향한 실현되기 어려운 꿈을 청소년기처럼 꾸어야 하는지도 모르겠군요.

반세기만에 꿈을 이룬 행복이 그대로 해가 뜨고 달이 지듯 곁에 이대로 있어주면 좋겠어요. 나라 안팎 세상을 걱정하지 않아도 영화나 보면서 행복하게 살고 싶어요. 정말 이런 행복을 누려선 안 되는지요. (2018.1.)

월라봉에서

　월라봉에서 바라보니 산방산이 눈앞에 있다. 용머리 해안과 송악산도 그 앞이나 곁에 있다. 푸른 바다 역시 손을 내밀면 잡아줄 것 같다. 발아래 펼쳐지는 광경이 가슴 뛰게 한다. 금모래 해변은 눈으로 확인할 수 없지만 저 근처에 있을 것이다. 올레 9코스에서 맛볼 수 있는 볼거리다.

　제주도 올레는 코스별로 특징이 있다. 9코스는 거리가 다른 코스보다 반 정도 밖에 안 된다. 출발할 때는 편안한 마음으로 나섰다. 표지판에서 150분을 예정 시간으로 잡아놓았다. 대평 포구를 돌자마자 산길이 나온다. 군마를 길러서 포구로 운반했던 길이란다. 길이 좁고 돌길 바닥이 산으로 향한다. 꽤 된 길이 이어진다.

　풍경이 좋은 산에 케이블카를 설치하여 보다 많은 사람들이 이용하게 하려는 시도가 여기저기서 벌어진다. 그럴 때마다 찬성과 반대 논리가 불꽃 튄다. 좋은 곳이니 여러 사람에게 보일 수 있는 편의 시설이 필요한 점도 있다. 자연을 인간이 더욱 가까이에서 즐기고 풍요로운 삶에도 보탬이 될 수 있다. 하지만 사람이 많이 모이고, 인공 시설이 들어서면 그곳 환경과 자연이 손상되는 점 역시 분명하다.

자연을 바라보는 관점과 각자 처한 처지에 따라 찬반양론으로 나뉠 수 있다. 공통점은 누구나 자연의 아름다움을 보고 즐기는 것을 좋아하고, 그것을 가까이 하려는 마음이다. 그 접근하는 방법에서 편한 것과 그렇지 못한 것으로 나뉜다.

인간의 문명 발달은 이동수단에서 다양하게 변했다. 육상에선 차, 해상에선 배, 공중에선 비행기가 인간을 편하고 빠르게 이동시켜 많은 이로움을 제공해준다. 이 문명 이기를 풍광 감상에서도 이용하려는 쪽과 그걸 배제하려는 편의 생각이 차이 나고 태도가 다르다.

먼 거리를 이동할 때는 발달된 교통 기구를 이용하는 것이 옳은 선택이다. 차가 있는데 걸어갈 이유는 없다. 편리하게 살려는 생각에서 다양한 기구를 발명하고 발달시켜 인류에게 이롭게 사용하는 것은 바람직하다. 이러한 흐름은 앞으로도 변하지 않고 지속 발전할 것이다.

그러나 기구를 이용하는 것에서 얻는 편리함 대신, 몸으로 겪으면서 느끼는 펄떡이는 실감은 없다. 때로는 편리함보다 감각이 삶에서 더 중요하고 행복감을 튼실하게 전해준다. 문명 이기와 발맞추어 발달해온 스포츠가 바로 이 실감하려는 신체의 본능적 욕구를 증명하는 것이 아니겠는가. 몸을 스스로 놀려 움직이는 것이 기구 사용보다 더 즐겁고 가치가 있는 경우다.

발로 걸어서야 맛볼 수 있는 광경, 체감할 수 있는 즐거움이 올레길에 있다. 발을 쓰지 않고는 월라봉에 올라 눈앞 광경을 볼 수 없다. 발이 주는 행복을 느끼기에 올레길에 나서고, 이곳에서 봄바람 맞으며 햇살에 빛나는 윤슬을 바라본다. 잠시라도 빠지는 발이 주는 황홀한 만족감, 이것을 9코스에서 맞이한다. 차를 버려두고 올레에 나서는 것은 이 발이 주는 아름다움이 아니겠는가. 월라봉에서 발에게 진심으로 고마움을 전한다. (2016.2.)

혼밥

해파랑길 26코스 죽변항에서 벌어진 일. 마침 그곳에 도착한 시간이 점심 무렵. 이 지역 모든 해산물이 모여드는 번성한 항구로 알고 있다. 들어서는 초입부터 횟집이 늘어서 반긴다. 해변 길이 주조인 해파랑길에서 횟집을 만나는 것은 늘 있는 일이니 새로울 것은 없다. 영덕과 울진 지역 항구를 지나면서 대게 집을 많이 만났으나 들어갈 엄두를 내지 못했다. 혼자서 사먹을 음식이 아니기 때문이다. 최소한 둘은 되어야 주문하는 게 맞다. 지난해 아내랑 대게 집에 갔다가 얼마나 많이 차려 나오는지 먹고 먹다가 남겨 두고 나온 일이 있어 안다.

색다른 음식으로 곰치국이 눈에 띈다. 오래전에 강원도 주문진에서 먹은 기억이 있고, 아주 특이한 맛을 냈다. 주로 겨울철 음식으로 알고 있는데 아직 이른 봄이라서 있는지 모르겠다. 여기에서 오랜만에 먹어볼 생각으로 피곤한 다리에 힘줄을 새로 돋우어 활기를 싣고 찾는다. 어느 집이 좋은가 둘러보다가 '곰치국 전문' 간판이 커다란 집에 들어선다. 배낭을 내려놓고 의자에 앉자 종업원이 다가와 묻는다. "몇 분이에요?" "나 혼잔데." "곰치국 일인분은 안 되는 데요." 사정도 해 보지 못한 채 쫓겨났다.

자유 대한민국에서 곰치국 점심 한 끼 먹을 자유를 대낮에 무참하게 빼앗겼다. 혓바닥 미련이 목 줄기를 잡아채서 혹시나 하고 마을 안쪽으로 다른 집을 찾아보아도 가슴 아픈 결과는 같다. 혼자라서 맛보고 싶은 음식도 먹을 수 없다니 슬픔인지 모를게 항구에 밀어닥친 파도마냥 가슴 한편에 마구 밀려든다. 배낭이 무겁게 언뜻 조여 온다. 혼자 먹을 수 있는 것은 회덮밥이라 허기를 몰아내고 죽변항을 떠난다.

요즘은 혼밥이 대세인데, 지방이라서 유행 물결이 아직 미치지 못하는가 보다. 여기서도 일인분 곰치국을 시대에 맞게 개발해서 파는 날이 빨리 오기를 기대하며 아쉽게 발길을 재촉한다. 이럴 때면 함께 오지 못한 아내가 더욱 그립게 눈 안에 오롯하다. (2018.5.)

계획한대로

법환 포구에 주차하고 배낭을 멘다. 오늘은 올레 7코스 중 간부터 걷고, 시간에 따라 더 걸을 예정이다. 날은 조금 흐리고 바람이 분다. 걷기에 아주 좋은 날씨는 아니나 그런대로 걸을 만하다.

종착지를 정하지 않고 시간이 주어지는 대로 알맞은 지점까지 걷기로 했다. 마치면 버스를 타고 주차한 곳까지 돌아올 계획이다. 발로 걸어간 길을 차를 이용해 돌아오는 셈이다. 시작점에 접근하기 쉽지 않아서 짜낸 방법이다.

제주 올레 시작점과 끝점이 대중교통을 이용하여 접근하기 다소 불편한 데가 많다. 자연 풍치를 즐기고, 마을의 깊은 구석을 보려면 그렇게 만들 수밖에 없었을 것이다. 차량이 보편화되기 이전 길이니 새로운 길이 나도 그런 곳을 경유하는 버스 노선이 별로 없고 택시마저 이용하기 쉽지 않다.

발로 길을 걷는 것이 올레니, 자동차로 접근 할 수 없는 곳에 난 길이나 새로 만든 길도 당연히 차와는 거리가 먼 곳이 바람직하다. 차를 피해서 걷는 길인데, 차와 자주 만나는 것은 올레를 걷는 사람은 원치 않을 것이다. 올레의 맛을 보기 위해선 차와 될수록 멀리 떨어진 곳이 좋다.

출발할 때 정한 시각에 이르러 발을 멈춘다. 이곳은 대포 포구다. 8코스 종착지인 대평 포구까진 더 걸어야 하지만, 예정한 시각대로 차를 이용할 수 있는 곳으로 걸어와 차를 탄다. 서귀포 권역인데, 시내버스 대신 공항에서 출발한 리무진 버스만 이용할 수 있는 지역이다.

주차한 곳에 가려면 월드컵 경기장에서 버스를 내려 해안가 포구까지 걸어가야 한다. 정류장에서 얼마 못가 빗방울이 떨어진다. 흐리던 하늘이 용케도 우리가 올레를 멈출 때까지 참다가 그만 몸을 푸시나 보다. 차로 금세 지나던 길을 발로 걷자니 좀체 목적지가 보이지 않고 멀기만 하다.

비는 점차 거세지고, 빠른 걸음으로 재촉하니 몸에서 땀도 나니 점점 힘들다. 차가 지나간 곳을 더듬어서 길을 찾아간다. 차로 휙 지나갈 때 얼핏 보이던 풍경이 걸으면 보면 다

비슷해 보여 초행길은 찾기 힘들다. 기억을 되살려 걷다보니, 차로 갔다가 되돌아선 곳까지 발길은 잘못 나아간다. 차로 후딱 가는 길을 되돌아서 가려니 발걸음이 더 무겁다.

주차한 곳에 가려고 출발할 때 걸었던 길 역방향으로 걷는다. 가까운 바다를 왼편에 끼고 걸었는데, 이제는 오른편에서 더욱 거세진 파도를 보면서 걷는다. 머릿속에 그린 계획은 이게 아니었는데, 라는 생각을 바닷바람이 상기시킨다. 생각지 못한 대로 일은 흘러간다. 비를 흠뻑 맞고 온몸이 땀으로 젖어서야 주차한 곳에 도착한다.

그런데 예전과 달리 걷게 된 길이 나쁘지만은 않다. 출발할 때 보지 못했던 바다 풍경을 역방향으로 보니 다르게 보인다. 조금 더 길게 걸었으면 하던 아쉬움이 있었는데, 결과는 그것을 달래고도 남을 정도로 땀내가 푹푹 나게 걸었다. 예상하지 못한 길이 펼쳐 있다고 결코 피할 일은 아니다. 기대하던 것과 다른 어떤 것을 또 얻게 되기도 하니 말이다.

우리 인생살이가 어디 계획대로만 되던가. 수시로 어떻게 하자고 계획하고 예상해보지만, 그대로 맞기보단 벗어나는 일이 더 많다. 단순히 정해진 길을 걷는 데도 오늘처럼 빗나간 결과를 얻는다. 그 덕에 새로운 것도 만나게 되었으니 그

러길 잘 했다고 위안 삼는 것이 낫지 않을까. 인생도 결국 예
상과 달리 흘러간다고 불평 품고 살 일이 아닌지 모르겠다.
(2016.3. 주: 2017년 후반기부터 제주도 교통체계가 바뀌어, 올레
시작과 종착 지점의 접근성이 훨씬 좋아졌다.)

반려견 길들이기

　이웃에서 때도 없이 짖어대는 놈을 애완견이라 부르기는 오래된 일이다. 아파트 거주가 유행하자 실내로 진출한 개에 부여된 명명이다. 세상이 바뀌어 한 번 더 변신하더니 반려견이란 호칭으로 승격하였다. 호칭 변화와 동반하여 대접도 한층 상승하여 상전으로 모시는 중이다. 전용 상품이 다양하고, 미용실에 들락거리며 아름다움을 다투기도 한다. 애견 유치원까지 생겨 성업 중이란다. 이젠 어딜 가나 귀하신 몸이니 시종이 졸졸 따라 붙는 귀족과 다름없다.

　독신자가 늘어난 일과 녀석의 승진 선후가 분명하지 않으나 상관성은 있을 게다. 외로움 덜어 줄 대상이 필요한 자에겐 체온의 따스함이 절실하다. 부드러운 털의 감촉과 열렬한 환대 몸짓이 고적한 빈자리를 파고든 틈새 성취라 할 만하다. 인간은 사회적 동물이라 혼자 사는 것이 힘들다. 심정을 교환하고 스킨십을 나눠야 고독이라는 병을 치유할 수 있다. 하여 반려자와 동숙하는 간난艱難과 수고로움, 비용까지도 지불할 각오를 다져야 마땅하다.

반려견이 등장하기 훨씬 전부터 반려인이 있었다. 인간은 서로 반려가 되자고 대중 앞에서 선서까지 한다. 반려견은 먹이만 제때 주면 알아서 잘 놀지만 반려인은 밥만 먹이고 내놓아두어선 안 된다. 함께 놀아주도록 다가서야 한다. 밥만으로 살 수 없는 게 동물이기에, 형편이 여의치 않으면 동무라도 마련해 주는 게 현명하다. 반려견은 혼자 버려두면 집 안에서 맴돌며 애꿎은 신발이나 물어뜯고 쿵쿵대다 말지만, 반려인은 우울이란 불치병에 걸려들기 십상이다.

동물은 움직여야 하는 존재이니 정기적 산책이 필요하다. 바깥 공기를 쐬어야 하는 것은 두발이건 네발 반려자건 똑같다. 외기를 쐬어야 내면 생기가 솟아나 오랫동안 반려 역할을 다할 수 있다. 나가고 싶어 끙끙대거나 문가를 자주 서성거리면 함께 나가거나, 귀찮으면 혼자라도 떠나게 문을 열어주어야 한다. 그걸 막았다간 원치 않는 불상사를 보게 될지도 모른다. 그만 반려가 끝날 수도 있기에 말이다.

멀리서 바라보아야 내 집이 정겹다. 홀로 내보내도 훈련 잘된 반려견은 제집을 찾아온다. 혼자 놀기 좋아하는 족속이 있다는 것도 가끔 이해하는 것이 편하다. 때론 고독에 빠져 반려가 필요함을 실감케 하는 것도 상수다. 혼자 가봐야 어디로 가겠는가. 개건 사람이건 그런 염려인지 나가면 여기저기 영역을 표시하고 흔적을 남기고 다니지 않던가.

　어느 반려자나 남다른 저만의 개성이 있다는 것을 인정해야 한다. 너는 왜 그러냐고 재우치거나 몰아서는 안 된다. 각자 타고난 독자성이 있다는 걸 받아드려야 서로 평화가 유지된다. 전쟁보다 평화가 좋지 않겠는가. 가정도 다툼은 피하는 게 상책이다. 그럴진대 반려자와 싸워서 끝장낼 생각이 아니라면 평온을 위해 외교술의 세치 혀나 관심 손길을 적절하게 놀릴 줄도 알아야 한다.

　반려견 이상을 원하는 건 아니다. 평등하게만 대우해줘도 불만 없다. 개나 사람이나 동등한 생물임을 확인하길 바란다. 당신 반려자가 바로 자신임을 소크라테스가 일찍이 알려주지 않았던가. 이제와 새삼스레 그대 반려자가 차등이 난다 생각하지 말라. 네가 곧 나임을 깨우치는 게 현명한 판단이다. 세상은 모두 유유상종 어울리며 사는 것이 아니던가.

반려견을 위해 사느냐, 반려인을 위해 사느냐가 정녕 문제로다. 어찌하든 반려 주체는 자신임을 혜량하자. 주인이 손길을 먼저 내밀어야 진정한 반려를 되돌려 받는 것이 아닐까. 나를 돌아볼 줄 아는 마음으로 반려자를 바라보면 한 세상 잘 건널 수 있지 않겠는가. 반려견이건 반려인이든 구별 없이. (수필과비평, 2016년 11월호)

돼지국밥

　해파랑길을 걸으려고 서울에서 KTX 타고 내려와 부산역 근처 숙소를 잡았다. 초량동이다. 내일부터 걸어야 하니 교통이 편한 이곳에서 하룻밤 보낼 생각이다. 짐 풀고 숙소 가까운 곳에서 간단하게 배를 채우고 일찍 들어가 몸을 뉘였다. 고단할 내일을 생각해서.

　아침밥 먹으려고 음식점 기웃대는데 돼지국밥집이 보인다. 40여 년이 넘은 집이라는 간판에 홀려서 들어선다. TV 요리 방송에도 소개된 화면이 액자에 담겨 벽에 걸려 있다. 이 지역 명물인 것으로 보여 믿음이 간다. 잘 골라 들어왔다는 안도가 입맛 다시게 한다. 모처럼 눈이 제 역할 한 것 같아 기대를 부풀린다.

　집 떠나면 아침밥 먹기가 수월치 않다. 번화한 곳이 아니면, 유동 인구가 많지 않으면 대개 그렇다. 그럴 땐 한국식 패스트푸드인 김밥이나 컵라면도 마다하지 않아야 한다. 지역 형편 따라 융통성으로 대처해야 마땅하다. 아침밥을 제대로 해결할 수 있는 것만도 나그네에겐 여간 반갑지 않다.

아침 시각이라 빈자리가 여럿이지만 입구 커다란 가마솥에선 구수한 국물 냄새가 사방으로 퍼져나간다. 국밥을 주문하면서 돌아보니, 신문 기사도 보인다. 1975년에 개업했다는 안내문과 100% 사골과 80㎏ 암퇘지를 통째로 넣어 만든 국물 맛으로 만든다고 씌어 있다. 맛도 보기 전인데 입안에선 군침이 돌며 혀의 미각 돌기를 자극한다.

진한 국물에서 풍기는 맛은 부산 명물로 높이 평가할 만하다. 값은 6천원이니 가성비도 높고 유행어를 빌리면 착한 음식점이다. 든든한 아침 한 끼로 더 이상 좋을 수 없다. 오늘 해파랑길 출발부터 돼지국밥의 힘을 많이 받을 것 같아 뱃속만이 아니라 마음까지 든든하게 길에 나설 수 있겠다.

돼지국밥집을 나서면서 이쑤시개를 집어 든다. 이빨 틈새에 낀 음식물을 찔러대면서 국밥은 100% 사골 국물이라 하는데 나는 과연 몇 퍼센트 인생을 살고 있는지 의문이다. 떨떠름함이 떨어져 나간 음식찌꺼기 사이로 파고든다.

수필을 쓰기 시작하면서 생각이 많아졌다. 국밥 한 그릇을 먹으면서도 무언가 찾아내려고 한다. 편안히 혀끝 따라 맛을 즐기면 될 것을, 글 제재로 삼을 게 없는가, 밥알을 입 안에서 씹으면서도 그런 생각을 굴린다. 지금 국밥집을 나오면서 또 그 생각에 빠진 참이다.

100% 사골 맛이라니, 돼지국밥 국물 맛에 비하니 인생이 초라하게 느껴진다. 괜히 글감 찾는다고 스스로 비하거리를 만들었나 싶다. 모자란 인생 순도를 채우려고 해파랑길에 나선 셈인데 시작도 하기 전에 한 방을 크게 먹은 것만 같다.

사골 맛 순도에 견주면 인생 만족도는 마주 대볼 일이 아니다. 죽어서 뼈마디마저도 인간 위해 백퍼센트 헌신하는 축생을 떠올리면, 난 죽어서 어떤 생명체를 위해 헌신할 게 있기는 한 걸까?

글 몇 편 써서 누군가에게 한순간 흥밋거리를 주거나, 잠깐 시간 보낼 심심풀이 역할 만이라도 한다면 다행이지 않을까. 애초에 가능하지 않은 인생 순도를 따지다니, 부산 명물 돼지국밥을 맛나게 먹었으면 그것으로 만족하자고 마음을 다독이며, 허공으로 퍼지는 국솥의 김발을 뒤돌아 다시 바라본다. (2017.10.)

어린 것

　태어난 지 얼마 안 된 강아지 두 마리가 어미와 함께 마중 나왔다. 김녕리에서 올레 20코스를 시작하고 바로 골목길로 들어선 뒤다. 강아지한테 다가가 손을 내밀며 초면 인사를 건넨다. 답례인가 앙증스럽게 다가와 혀로 손을 핥는다. 그만의 인사법이니 반갑게 맞이한다.

　골목에 올레의 단청 리본 표지가 푸른 것 한 줄 붉게 또 한 줄 매달려 손짓한다. 언제나 초면에도 낯을 붉히지 않고 인사에 너그럽다. 맞은편 건물 벽에 검게 선으로 형상을 만들어 붙여놓았다. 발길 따라 눈으로 쫓으니 그네 가족을 대하듯 친근하다. 김녕의 케이블 조각품이다. 김녕을 벗어날 때까지 여럿을 만난다. 20코스를 시작하는 동네의 특이한 볼거리다. 카메라 렌즈 시선을 유혹하는 이곳 매력이다.

눈길을 선뜻 잡아끄는 작품이 있다. 어머니와 아기가 손을 맞잡은 형상. 어머니는 잠녀 복장, 아이는 섬 집 아기 모습. 동요 '섬 집 아기'가 문득 파도소리 따라 어디선가 들려온다. 그녀는 어린 것을 놔두고 물질에 나선 것이리라. 전복을 따면서, 소라를 건지면서도 아기 눈매를 떠올릴 것만 같다. 일을 얼른 끝내고 집으로 달려가 아기를 안고 싶어 할 것이다. 제주 섬 여인의 삶이 한순간 클로즈업되어 다가온다. 한참을 들여다보게 한다.

어린 아기는 잠녀에게만 어여쁠까. 아니다, 어린 것은 누구에게나 예쁘게 보인다. 출발하고 길에서 바로 만난 강아지도 얼마나 앙증맞게 종종거리며 다가왔던가. 사람 어린 것, 짐승 어린 것만 예쁘지 않다. 세상 살아있는 것 중 어린 것은 모두 다 예쁘지 않은가.

나무에 피는 꽃이 왜 예쁜지 전에는 알지 못했다. 그 꽃이 예쁜 건 어리기 때문이란 걸. 오늘 올레길을 걸으면서 문득 깨닫는다. 섬 집 아기를 보면서, 달려든 강아지를 보면서, 숨탄 어린 것은 가슴 그득히 파도 소리와 함께 달려든다. 그 순간이다. 아! 어린 것이 이렇게 예쁘구나.

꽃보다 더 예쁜 건 짐승 새끼고, 그보다 예쁜 건 사람 아기다. 누구네 아기라도 다 예쁘다. 동년배 친구들이 손주 사진을 전화기 화면에 넣고, 틈나면 자랑하는 이유를 이제야 분명 알겠구나. 그들 눈에는 손주들이 남에게 드러내어 떠벌릴 만큼 예쁜 것이구나.

손주가 태어나 걸을 만하면 이곳에 다시 오고 싶다. 함께 올레 20코스를 걸으며 바다 얘기를 들려주면 좋겠다. 파도 너머 저 멀리 바다 이야기, 물길 깊은 곳 인어 이야기도 들려주며 손잡고 걷고 싶다. 해안 따라 이어진 길이니 어린 아이 걷기도 마침할 것이다. 가족끼리 손잡고 앞서거니 뒤서거니 파도 소리 따라 걷는다면 좋으리. 길가 여기 저기 피어있는 꽃에게 인사를 나누며, 살아가는 얘기도 건네며 걷는다면 행복은 저절로 배낭에 담기고, 옷깃에 스며들겠지.

어느새 달려온 갯내가 콧속으로 파고들 듯, 가을 억새가 이곳저곳에서 고운 손길을 흔들어댄다. 어린 것 손 닮아 저토록 가냘픈 것인가. 육지로 향한 그리움이 부끄러워 고개를 숙인 걸까. 하얀 손가락이 뭍으로 불어오는 한 웅큼씩 바닷바람에 젖어들 때 마음은 어느새 그리움으로 그득히 채워진다. 손주와 함께 그 어린 손을 닮은 억새를 볼 수 있기를, 그 날이 빨리 다가오길 기다리며 올레를 걷는다. (2015.11.)

돌에서 읽다

연애편지를 써본 적이 언제였던가. 청춘이 물렁댈 때, 밤을 도와 편지를 썼다. 집을 떠날 때는 반드시 엽서를 그녀에게 보내곤 했다.

길을 떠나면 누군가 그리워진다. 차를 몰거나 타고 가는 여행보다 걷는 길에선 더욱 그렇다. 그립다는 감정은 몸으로부터 일어나는 감성인가. 다리를 움직여 걷다 보면 온몸 감각이 자극되어 그러는지 모른다. 그리움은 저절로 다가오는 것은 아닌가 보다. 외부 자극으로 파도처럼 몰아쳐 오는 것인지도.

남원 포구에서 발길을 뗀다. 오늘 일정은 제주 올레 5코스, 쇠소깍까지 가는 길이다. 남원 포구를 끼고 도는 해안길. 방파제와 도로를 겸한 길가에 집도 바위도 적당한 간격으로 서서 길손을 맞이한다. 그들만의 빛깔을 띠고 바닷바람을 만나고 있다. 표정이 모두 심각해 보인다. 그리움을 품고서 누군가 기다리는 사람처럼 말이다.

가슴에 사연 담고 있어 그런가보다. 그들은 간간히 속내를 드러내고 있다. 얼굴에 담긴 그 마음을 읽게 한다. 잠시 발길을 멈추고 말을 건넨다. 여기저기 손짓하며 나를 부른다.

길가에 세운 돌판 한편에 글이 보인다. 이 지역 인사들이 쓴 글도 있고, 유명 시인의 시구도 보인다. 한 편 한 편 찬찬히 읽으며 바닷바람에 그리움을 실어 보내기 좋다. 돌의 가치를 글이 증명하고 존재 의미를 새기게 한다. 비로소 여기에서 돌은 생명을 얻는다.

그리고 보면 글이란 참으로 신비한 존재다. 글이 있어 인간과 돌이 소통하게 하다니. 글을 만들어 쓴 선조들이 고맙다. 파도도 싱긋 손짓하며 웃어 보인다. 올레에서 만나는 그리움과 감사함을 배낭에 매달고 발길을 옮긴다. (2016.2. 주: 2018년 5월에 다시 가보니 돌비석 판이 사라져 안 보인다.)

거미와 잠자리

추자도 올레길. 등대에 올랐다 내려오는 길. 길가 풀숲에서 우연히 눈에 띤 광경. 거미줄에 걸려 파닥이는 잠자리가 발길을 멈추게 한다. 잠자리 망사 날개가 아침 햇살에 파르르 떠는 게 무척 애처로워 보인다. 저걸 떼어내 줄까 다가간다. 손을 뻗어 거미줄에서 구해줄까 하다 순간 멈춘다. 바다에서 불어오는 바람이 마음을 흔든다.

잠자리만 아니라 거미 처지도 돌아봐야 하지 않을까 하는 생각이 문득 떠오른다. 잠자리가 걸려들 때까지 얼마나 오랜 시간을 기다렸는지 알 수 없다. 여러 날을 굶어 퍽 힘든 지경인지 모르기는 마찬가지다. 먹어야 생존하는 생물은 거미인들 예외가 있겠는가. 거미 밥상을 엎게 되는 것이 과연 옳은 일인가.

잠자리를 살려주면 거미는 또다시 기다려야 할 것이다. 거미가 굶어 죽게 될지도 모르는 일, 인간 권한에 속하는지 더욱 모호하여 고개를 갸웃한다. 거미보다 잠자리가 예쁘게 보이는 곤충 말고 크게 다른 것이 무엇인가. 인간 편애를 망설이지 않고 행사한다면 잠자리는 생을 연장할 수 있겠지만, 거미는 생을 단축하게 되거나 또 다른 먹이를 기다리는 시간이 한층 길어질 게다.

곤충 생존 문제를 어디까지 관여하는 게 옳은가. 생태계에 손길을 보내는 것의 경계는 어디까지 적절할까. 인간이라고 충생蟲生에 끼어들 권한이 진정 있기는 한가. 곤충도 한 생명이고 사람 또한 같은 생명체에 불과한데, 힘이 세다고 어느 한쪽 편든다는 것은 아니지 않은가. 꼬리를 물고 생각이 이어진다. 가야할 길은 먼데 망념妄念을 잘라내기 쉽지 않다. 높다란 해는 모르쇠 눈부시게 비추기만 한다.

그들끼리 해결하라고 멀리서 지켜보는 것이 최선이 아닐까, 그들 문제를 그들만의 방식으로 처리하면서 살아가도록 지켜보는 것이 좋겠다 싶다. 아마 전능한 신이라도 한쪽을 편들지 않고 지켜보며 양자가 해결하도록 놓아 둘 것만 같다. 미약한 한 인간 고민이 그쯤에서 정리된 듯하다. 더 밀고 나갈 기력도 이젠 지쳐 가는데 마을에 접어드니 상점이 저 앞이다. 시원한 음료나 빙과로 덥혀진 심신을 달래야겠다.

　힘과 기능을 겨루는 운동 경기에서 심판이 하는 일이 그것이 아니던가. 양편이 반칙하지 않게 지켜보며 공정한 경쟁을 조정하는 것이 떠오른다. 오늘 거미와 잠자리 생존 경쟁을 지켜보는 심판이 된 셈이다. 심판이 버겁다면 관중이 되었던 셈 치자. 생각이 이쯤 모이자 마을을 지나 산으로 오르는 발길이 가볍다. 하늘 저쪽 구름송이 한둘 싱긋 웃는다.
(2015.7.)

3부
삼다도 올레

라면을 대하는 태도

올레 7코스를 걷다보니 수모르 공원을 지난다. 해변가 비닐하우스에서 음식을 판다. 과일도 웃고 있고, 해삼과 멍게도 한자리 차지한다. 차림표에서 해물라면이 눈을 잡아끈다. 안으로 들어가 자리를 잡는다.

비닐 창문 너머 범섬이 코앞이다. 검고 대체로 큰 자갈 돌 바위가 해변에 깔려있다. 태평양 바닷물이 철썩이며 희롱한다. 해는 빛나고, 알맞추 해풍도 품으로 다가온다. 라면을 기다리며 막걸리부터 한 사발 들이킨다. 바닷바람 서늘한 기운까지 목을 타고 넘어간다.

요즘 들어 가끔 라면을 먹는다. 라면은 선호하는 음식은 아니다. 정말 어쩔 수 없는 긴급 상황이 아니면 먹지 않는다. 대중이 애용하는 패스트푸드 대표지만, 누구나 자주 찾아서 우리네 식탁에서 빼놓을 수 없는 음식이어도 남들 음식일 뿐이다.

어린 시절 라면은 입에 넣기 어려운 음식이었다. 처음 등장했을 때는 정말 먹고 싶었다. 당시에 그걸 사먹기는 형편이 허락하지 않았다. 겨우 두 세끼를 해결하는 상황에서 사먹을 수 있는 여유는 없었다.

맘껏 먹을 수 있는 때가 다가왔다. 그 사이 나라 경제는 좋아졌고 집안 사정도 나아졌다. 실컷 먹을 수도 있지만 자주 먹을 수 있는 음식도 아니었다. 라면을 입에 대보지 못하고 자라서 그런지 별로 먹고 싶지 않았다. 라면의 추억만 남아 있을 뿐, 이제 입맛 호기심은 떠나버린 소년기처럼 손에 닿지 않았다. 언제라도 먹을 수 있기에 유혹 손길이 미치지 않았는지 모르겠다.

라면과는 운명적으로 연결되었는지 알 수 없다. 숙직을 자주 해야 하는 직업을 가지게 되었다. 숙직한 다음날 아침밥을 해결하는 것이 큰 과제였다. 밥을 파는 식당도 근처에서 찾아보기 힘들었다. 70년대 후반 연탄을 난방과 취사용 연료로 사용하던 시대. 숙직실 연탄 아궁이에 냄비를 올려 라면을 끓여 아침 식사를 대신했다.

라면에는 김치가 잘 어울린다. 숙직실에서는 거의 구할 수 없다. 요즘처럼 사먹는 포장 김치는 상상도 하지 못하던 그때. 꾸역꾸역 라면 발을 목으로 넘기다 보면, 밀가루의 비릿한 냄새가 훅 끼치며 도로 나올 것만 같았다. 그때 정말로 아쉬운 것은 김치 한 조각이었다.

목에서 밀어내던 라면이 가끔씩 그립게 변했다. 세월 이기는 장사 없다 하더니만, 입맛도 달라졌나 보다. 올레길에서 만나는 라면이 맛나다. 과거는 흘러갔고, 입맛도 따라갔다. 적당히 걸어 시장기가 찾아온 터라 더욱 맛이 당기는지 모르겠다. 올레 시작점에서 걸어왔듯 인생길도 어지간히 왔다. 걸어가는 올레길과 인생길이 나란히 가는지 알 수 없다. 더 걸어가면 입맛처럼 인생에서 또 무엇이 변할까, 앞날이 무척 궁금해지는 올레 7코스 길이다. (2016.3.)

복권 팔아요

사는 곳 가까이에 역사가 깊은 유명한 절이 있다. 달력에 파랗고 빨간 글자로 적힌 날이 아니어도 참배객과 관광객이 적잖이 드나들지만 사월 초파일에는 인파가 도로 양편에 넘쳐난다. 매년 이 때가 되면 다른 날엔 따로 절에 갈 일이 없는 데도 구경삼아 절밥을 별미인양 맛보러 가는 사람도 적지 않게 몰려든다.

초파일 얼마 전부터 근처 길가에는 연등이 내걸려 분위기를 한껏 꾸며댄다. 당일에도 절 안으로 가보면 연등을 걸을 수 있는 곳엔 이름표를 매단 색등이 셀 수 없이 빼곡하다. 이 날에는 연등을 접수하는 곳을 따로 마련해 놓는다. 비용을 내면 준비해 놓은 연등에 성명과 사는 곳을 적어서 붙이고 빈 곳을 찾아 매단다. 밤이 늦도록 이런 일이 이어진다.

이 뿐만이 아니다. 어린 부처상을 세워 놓은 곳에는 바가지에 물을 떠서 붓는 곳도 있다. 그 앞 근처에서 양초와 공양미를 차려놓고 판매한다. 옆에는 빠짐없이 돈 통이 보인다. 절한번 하는 데도, 물 한번 끼얹는 데도 금전이 없으면 참여할수 없다. 불전에서 기도하는 대중도 금동 부처상 앞 커다란불전함에 돈을 넣는다.

입구에서 문간까지 판매대를 벌여놓고 다양한 물건을 판다. 절에 이르는 도로 양 옆에서 갖가지 상품을 파는 상인들과 상품은 다르지만 절 안에서도 장사에 열을 올린다. 도로좌판도 그렇지만 절 안 상행위도 원칙적으론 불법 행위일 것이다. 사업자 등록을 하지 않고 물건을 판매하면 불법이다.도로의 좌판 상인들은 생계를 위해 일시적으로 상행위를 한다. 그중엔 정식 상인이나 오늘만 장소를 임시로 옮겨 영업하는 자도 있을 것이다. 절 밖이든 절 안이든 물품과 돈이 오가는 상행위는 마찬가지다.

절 밖 상인한테 물건을 사는 사람은 필요한 소비 생활을 하는 것이라면 절 안에서는 무언가를 위해 돈을 내미는가. 절안 물건이나 절하는 행위는 소비 생활은 아니다. 그들이 사는 것은 지상에서 살면서 누리고자 하는 복이다. 이 중에는 사후 복을 미리 사서 극락세계로 가고자 하는 사람도 있을 거고, 이미 그곳에 가 있는 영령의 복을 대신 사주는 것이기도 할 것이다.

무언가 사고파는 일은 같지만 절문을 경계로 조금 다르게 보인다. 절 밖 물건은 삶에 필요한 것이라면 절 안 거래는 복권과 다를 게 없어 보인다. 길가 상점 복권방에 기웃거리는 사람들이 적지 않은 요즘 시대다. 우리네 신앙 다수가 기복 신앙이라는 말을 들은 적도 있다. 절 안에서도 이런 세태처럼 부처님표 복권을 구입하는 것이리라. 당첨되면 현금을 받을 수 있는 길거리 복권과 달리 절 복권은 가시적인 것이 아니라 무형의 어떤 것일 테지만 그 심리는 같지 않을까. 절 밖 상인과 절 안 상행위는 같아 보여도 파는 물건이 서로 다르듯 말이다. (2018.6.)

황금빛 아들

올해는 개띠 해지요. 이것도 미세 먼지처럼 떠도는 말로는 황금 개띠라는군요. 그만큼 다른 개띠 해보다 훨씬 빛난다는 것이겠지요. 아니면 더 좋길 바라는 마음이 그득 불어 높직이 띄운 풍선일 수도 있지만요. 아무튼 누구나 손가락 빛낼 황금 가락지 끼고 싶은 개해로 부른다 해서 검찰 소환장을 받거나 경찰 가택 수색을 당하는 것은 아닐 테니 이렇게 말해도 되지 않을까요.

요즘 지나가는 개를 보면서 함께 걷는 사람도 흘낏 쳐다보게 되더군요. 손에 개줄 말고 무엇을 들고 있나 괜스레 궁금해서요. 전보다 개의 배변 처리용 봉지를 들고 다니는 사람이 늘었더군요. 조그만 개도 목줄(요새는 가슴팍 줄)은 빠짐없이 채워 다닙디다. 개를 집밖에 데리고 나올 때 예절이 조금씩 자리 잡아 가는 느낌이 드네요. 개와 놀기 싫은 사람을 위한 배려가 반가울 따름이지요. 개 기르는 문화도 한걸음씩 3만 불 국민소득과 어울리는 듯 보입니다. 그냥 흘러가듯 무심해도 세월은 세상 길잡이 노릇을 하더군요. 이런 걸 겪다 보면 그럭저럭 살아갈 만하니 개털 같은 인생도 이냥저냥 꾸려가게 되나 봅니다.

그런데 말이지요. 그들만의 자기 호칭에 제 귓바퀴가 잘 익은 딸기처럼 물듭니다. '엄마'와 '아빠'라고 부르데요. 귓속이 청양고추 씹은 듯 얼얼해져요. 개 아빠이고 엄마라니, 개 부모를 자처합디다. 개 아빠고 엄마면 당연히 그분과 그녀도 개님이겠지요. 즐거운 웃음꽃이 얼굴 가득 피면서 기꺼이 개가 되더군요. 설마 개를 낳지(?)는 않았을 테고 얻거나 사와서 키우는 거겠지만 말이지요. 우리말 개새끼와 개자식은 분명 욕설인데, 개 아빠와 개 엄마는 스스로 부르는 거니 욕은 아니겠고요. 개를 키우는 것이 마치 사람 자녀와 같다는 심정을 말한 것이겠지요. 이 개 자녀도 진짜 사람처럼 말은 못하지만 감정을 주고받는 생명체에 대한 사랑으로 읽는다면 꽃보다도 아름다워 힘껏 손바닥 마주칠 일인지도 몰라요.

사람은 아니지만 인간과 동일한 귀물貴物로 바라보고 자녀처럼 인정 손길을 베푸는 마음씨는 정말이지 햇볕이네요. 하루하루 메마르는 사막 시대에 휴머니즘 소나기를 뿌리는 것처럼 한결 뿌듯하고 정겹군요. 어차피 인간이나 개나 동물 동족으로 오랜 동안 이 땅에서 살 부비며 살아왔고요. 아득한 시절부터 인류와 개가 한 울타리 식구로 지내온 거는 누구나 알잖아요. 유인원으로부터 진화한 동물이 인간이라 하니 말입니다. 개와 한 집에 사는 사람은 이곳저곳 노선이 늘어난 고속철처럼 빠르게 늘어나고요, 사내와 계집이 자식 낳아 기르며 사는 가구는 사라진 새마을호지요. 인간과 짐승 반려는 참말 훈풍만이 떠도는 것인지 여기선 따지지 말지요.

여러분도 잘 알다시피 국가 문제 중 가장 빨리 진화해야 할 불길은 인구 감소, 출산율 저하를 꼽을 수 있겠습니다. 이 문제는 나라 장래를 생각할 때 저마다 물동이 들고 현장으로 달려가야 할 일이지요. 정부 출산 대책 예산은 탄성 좋은 고무줄입니다. 끊어질 때까지 이리저리 늘리고 있다 하네요. 지나간 정권들도 이곳저곳 탑을 쌓고 빌어가며 공들여도 인구 증가 나무 열매는 벌레가 먹거나 낙과하여 작년엔 최저 출생률을 기록하였다 하지요. 나라 앞날을 새끼손톱만큼이라도 생각하는 국민이라면 특별 낙하산 부대를 파견하여 신출귀몰

87

한 작전이 필요하다는 것에 동의 안 할 수가 없겠지요. 그래서 말이지요. 제가 고질 종기 고름 짜내듯 단박에 해결할 수 있는 핵 무력식 전략을 제안하려 합니다. 상습 전과자가 북한산 약수로 손 씻고 말끔하게 변신할 수 있는 묘안을 이 자리서 반짝 공개합니다.

이미 앞날을 내다보는 선견지명으로 여러 가정에서는 비공식이지만 멍석 펴고 벌써 자리 잡은 지 꽤 되었고요. 풀이 바람보다 먼저 일어서듯 현명한 국민은 나라의 회전의자 나리님보다 세상 변화를 앞서 끌어가는 셈이지요. 늦었지만 이것을 국가 정책으로 미친년 머리채 잡아채듯 따라한다면 골치 아픈 출산 문제도 해결하고요. 너무 빨리 불어나는 국가 부채 눈덩이를 줄이는 데도 좋지 않겠는가 말이지요. 나라 살림살이에도 시루떡이 되고 국민에게도 팥고물 돌아가는 정책이라면 누가 제안하든 받아들여 실행하는 게 촛불 민심 정부에서 할 일 아닌가요. 그런 뜻에서 어둔 밤 광화문 광장을 뒤덮어 반짝이던 촛불을 대낮에 다시 켜는 마음으로 적극 협조하는 거랍니다. 이 충정이 광화문 네거리 충무공 못잖은 애국심 발로라면 나가도 너무 나간 것이겠지만요.

집에서 키우는 개 사람을 가정에서 정식 자녀로 입적시키도록 강권하는 정책입니다. 이 입적한 개 사람 키우는 일체 비용, 일부 훈련 교육비까지 포함해 금전 지원도 대통령 복지 공약처럼 뿌려야 하고요. 개 사람으로 입적 후 후세 출산 비용까지 이 돈 저 돈 끌어다 퍼주어도 출산 보조비와 비교도 안 되겠지요. 한줌 돈으로도 개 인구를 왕성한 여왕개미 알 퍼지르듯 늘릴 수 있습니다. 개 사람 수명도 짧으니 노후 문제나 골치 아픈 부동산 문제 따위도 단숨에 날릴 수 있어 일석삼조 아닌가요. 다만 노동력 부족에는 별 쓸모가 없겠지만 사람 출산 증가에 들일 예산을 똑똑한 로봇과 인공 지능 발전에 쏟으면 4차 산업 발전의 공을 스리슬쩍 차지하지 않을까요. 남는 돈은 최저임금이나 남북대화, 청년 취업 따위 나랏돈 많이 들어가는 정책에 퍼주면 허공에 높이 나는 연실처럼 그냥 풀려요. 한 것 없어도 촛불 들고 북악산에 올라 만세나 부르면 될 일이지요.

여론 조사에 찰거머리 빨대를 꽂아놓고서 후안무치 촛불혁명 정권은 인기 그래프를 쭉 올릴 수 있고요. 경복궁 뒤뜰 기와집에서 슬쩍 외치고 아랫집 나리들이 뒤따라 쿵더쿵 수선 떨면 더 좋겠지요. 이런 놀라운 제안과 성공으로 인구 문제가 땡볕에 냉수 마시듯 시원하게 풀려도 저는 단연코 황금빛 훈장과 금일봉을 요구하지 않겠습니다. 바람 한 올에도 몸을 떠는 풀잎 같은 서생의 충심에서 올린 것이라 특별 치하도 마다하고 훌훌 자연인으로만 살고 싶어요. 이 점 깊이 양해해 주길 오직 바랄 뿐이죠. (에세이문학, 2018년 여름호)

발송 작업

사무실 문을 열고 들어가니 벌써 작업이 진행 중이다. 부지런한 회원들이 업무 시작을 당겼지 싶다. 탁자 위에 이제 막 세상에 얼굴을 내민 잡지가 곧 회원을 만나려 하니 반가운지 환한 낯빛으로 생글거린다. 층층이 쌓여 아래에 놓인 녀석까지도 불만이 없어 보인다. 곧 투명한 옷을 입고 세상 외출을 하게 된다는 걸 알고 있다. 그들과 정기적 만남 의식을 치르려 자리를 잡는다.

탁자를 가운데 두고 회원들이 둘러 앉아 봉투에 잡지를 집어넣고 봉합한 뒤 비닐 끈으로 묶어 문 밖에 옮겨 놓으면 우리가 하는 일은 끝난다. 이 단순 작업을 위해 화물차에서 4층까지 책을 옮겨오고, 봉투에 일일이 주소 라벨을 붙이고 우편 번호별로 구분해 표시하며, 마지막으로 책을 우체국에 신고 가서 부치는 좀 더 복잡하고 힘든 일은 사무실에서 처리한다. 그날 간 회원은 이미 차려진 밥상에서 숟갈질을 몇 번 하는 셈이다. 정말로 이 일이 끝나면 맛난 점심을 대접 받는다. 덤으로 누구보다 먼저 책을 만나고 한 권씩 챙겨오기까지 한다. 그야말로 꿩 먹고 알 먹고 아닌가.

통지가 왔다. 추천 완료 받은 글이 실린 잡지가 나오는 날 사무실로 와 우편 발송 작업에 참여해 달란다. 얼마간 당황스럽고 썩 유쾌하지 못한 초대였다. 아무리 새내기라지만 이제 막 수필가 타이틀을 겨우 달게 되었는데, 그동안 정기 구독자로 집에서 편하게 받아보았는데, 신분 상승이 아니라 몰락이란 생각이 밀려왔다. 처음 부름에는 일이 겹쳐 참여치 못하고 그 다음 두 번째 부름에 가 보았다. 내심 구경삼아라도 한 번쯤은 가봐야겠다고 생각을 조정한 다음 호 발간 때였다.

문을 열고 들어가자 바로 놀라서 움찔했다. 연령도 더 많거나 나보다 훨씬 앞서 등단한 선배 회원들이 그곳에 있었다. 이 작업에 단골로 참여하는 회원이 대부분이었고 나처럼 초짜도 있었다. 첫날 작업하면서 알게 되었다. 그들은 《에세이 문학》을 사랑하는 마음 하나로 이곳에 와 단순 노동을 하고 있다는 것을. 회비 내고 투고만 하면 회원으로서 충분한 것이 아닌가 하는 상식에 수정이 불가피해졌다. 그 뒤 사정이 허락하는 대로 즐거이 참여하게 되었다.

현대 사회를 살아가자면 누구라도 바쁘지 않은 사람이 없고 개인 사정이 녹녹한 사람도 없다. 안 해도 될 일을 나서서 해야 할 정도로 한가하지도 않다. 회원이 돕지 않는다 해도 집에서 잡지를 못 받지는 않을 것이다. 다만 조금 늦게 받아볼 것이고, 이 일로 잡지 간행 일이 밀려서 점차 제 날짜에 발행하지 못하는 경우도 일어날 게다. 그리되면 수필문학의 쇠퇴를 불러올지도 알 수 없다. 지나친 부정 관점이라고 한 소리 들을지도 모르겠지만.

가깝지 않은 경기도 수원에 살면서도 단골로 참여하는 회원이 있다. 식사 자리에 마실 과일주까지 싸들고 온다. 그 정성이 갸륵하고 수필을 사랑하는 마음이 정겹다. 이런 분 마음이 하나둘 모여서 잡지가 발송되고 하루라도 빨리 회원 책상에 전달된다. 이 작업에 계속 손을 보탤 생각이다. 수필을 사랑하고 잡지가 발전하길 바라는 마음이 식지 않을 때까지 그럴 것이다. 그동안 몇 차례 작업하며 봉투 작업에서 묶는 일로 한 단계 도약한 것도 마냥 즐겁고, 머잖아 이 분야 달인

93

에도 도전해 볼 생각이다. 다음 호 발송 작업을 벌써부터 기

다린다. (2016.3.)

일회용

올레를 걷는다. 차도를 따라 걷다가 마을로 접어든다. 올레는 마을로 난 길이 대부분인데 차도 옆에도 있어 가끔 자동차와 같이 쓰기도 한다. 길 옆에 시선을 붙잡는 게 있다. 다가가 보니 플라스틱 생수병이 풀숲에서 고개를 내민다. 이곳에서 오래 누굴 기다렸는지 먼지 때가 끼었고 찌그러져 있다. 임에게 내쳐진 섬 색시마냥 애처로워 보인다. 고개를 얼른 돌리고 발길을 서두른다.

일회용이기에 저리 마구 버렸겠지 하는 생각이 배낭에 훌쩍 올라탄다. 잠시 무게를 느낀다. 가벼워질까 생각을 떼쳐버리려 빨리 걸어 본다. 틈입한 상대는 쉽게 떠나려 하지 않는다. 달래서 보내기로 마음을 고쳐먹는다. 무녀의 춤사위 한 자락 펼치듯 생수병을 향해 손을 흔들어 본다. 어울려 한

판 놀아볼거나 발짓마저 보태니 그에게도 진정이 전해진 걸까 조금 배낭이 가벼워진 듯 발길에 속도가 붙는다.

아마도 휴대용 물병이라면 저런 모습으로 길가에 버려두진 않을 것이다. 말 그대로 일회용이라 제 용도를 다했으니 저런 폐기 처분을 받겠지 생각해 보지만 꼭 그런 것 같지도 않다. 걷다 보면 일회용 생수병만 발견하는 게 아니다. 버려져 뒹구는 음료수 캔도 적잖이 눈에 뜨인다. 과자와 사탕을 품었던 종이나 과일 껍질도 같은 신세라 마주하는 심사는 무겁다. 어떤 길이건 한 두 개씩 심심치 않게 나타나 눈길을 잡아챈다. 일회용 운명을 보는 듯해 발길이 머뭇거려 조금 피곤하다. 분명 이 길을 지나간 어떤 올레꾼의 설치 미술작품일 거라 생각을 고쳐본다. 결코 아름답지 않게 느껴지는데, 그의 미감은 많이 다른지 모를 일이다.

일회용이라 저런 대우를 받는다고 생각을 굳히려 하자, 세상 만물 어느 것도 일회용 아닌 것이 과연 무엇이 있는가, 하며 꼬리를 물고 더 세게 달려든다. 물건만이 아니라, 지금 여기 걷고 있는 시간도 일회용으로 쓰고 있는 셈이다. 이 시간이 한 번 흘러가면 다시 찾을 수 없으니 결국 일회용 아닐 텐가. 다시 쓸 수 없는 것, 반복되지 않는 것은 일회용이라 할 수 있을 테니 말이다. 시간만 그런 것이 아니다. 이곳 올레길도 역시 일회용이다. 한 번 지나가면 다시 언제 오게 될 것인가. 아니 다른 때에 또 걷는다 해도 그동안 풍경이 달라졌을 거고, 나 역시 그전과 달라져 서로 다른 상태이니 전과는 같지 않을 것이다. 그리 생각하면 이 역시 또 일회용이 아니라 단정하기 어렵다.

곰곰이 따져보자니 인생 역시 일회용 아닌가. 세상에 태어나 한 번만 살 수밖에 없는 것이니 바로 일회용이 분명하다. 불가에선 전생이 있고 현생을 거쳐 내세까지 있다고 삼생을 말하지만, 실감할 수 없으니 별로 다르게 와 닿지 않는다. 만일 그것을 품에 꼭 붙안아 들인다 해도 매번 생은 역시 한 번뿐이지 않은가. 이리 보아도 저리 굴려도 인생은 일회용이란 결론을 얻는다.

생수병을 버린 사람도 자기 인생이 일회용이라는 것을 알았다면 저리 함부로 버릴까. 그 인생은 길에 던져버리는 생수병과 다르다고 정녕 생각하였을 것이다. 영생이거나 장생을 꿈꾸기에 별 거리낌 없이 저리 길가에 팽개쳤으리라. 그가 만일 일회용인 자기 삶이 소중하다는 것을 알고 있다면 저 생수병일망정 곱게 돌아갈 자리에 보내주었을 테지, 일회용 생각이 슬며시 다가든다. 저 앞길에 또 하나 생수병이 무연히 바라보는 눈길에 슬몃 파고든다. (2016.4.)

꽃밭에서

동해안 해파랑 3코스 길 종점은 부산 기장군 임랑 해변이다. 대변항에서 아침에 신발 끈 매고 떠났으니 이제 묵을 곳을 찾아야 한다. 안내 정보에는 민박을 소개한다. 민박을 겸하는 편의점 유리문은 잠겨 있다. 해변 길 따라 민박을 찾는데 하얀 건물이 특이한 몸매로 웅크리고 있다. 건물 외벽에 '정훈희 김태화의 꽃밭에서'란 글씨가 눈길을 잡는다.

80년대 히트곡 '꽃밭에서'의 유명 가수 정훈희가 살고 있다는 집이 바로 이곳이구나. 부산인가 해운대인가 해변에 집을 짓고 산다는 걸 방송에서 본 듯 했는데, 여길 말하는구나. 하지만 이곳은 부산도 해운대도 아닌 기장군 장안읍 임랑리의 철 지나 한적하고 쓸쓸하기만 한 해변인데, 잠깐이지만 이건 뭐지, 속았나 하는 생각이 피곤한 다리부터 가슴으로 치고 올라온다.

겨우 찾은 해변가 민박은 부르는 값에 비해 시설이 훨씬 못
미친다. 샤워는 할 수 있지만 온수 공급이 안 된다나, 겨울이
머지않은 시월 말인데 쓸 수 없다는 말과 다르지 않고 화장실
은 실외에 공동으로 사용해야 한다니 난감한 지경이다. 피곤
한 몸을 빨리 쉬게 해야 하는데, 발바닥에 물집 잡힌 채로 힘
겹게 따라온 아내를 생각하면 진퇴양난 벼랑에 다가선 상황
이다. 앞으로 더 가자니 뇌와 달리 몸은 파업할 기세고, 이곳
에 머무르자니 제대로 씻고 쉴 수도 없다. 허기를 달랠 곳도
모래밭에서 전복 따기인 듯하니, 제삼 길에 나설밖에.

친절한 민박집 할머니에게 얻은 정보로 월내라는 곳, 시야
에 잡히는 건물이 들어선 그곳 중심지로 향해 남은 힘을 짜내
며 걷는다. 내일 걸을 길을 미리 걷는 셈 치고, 두둑한 상여
금을 올려주기로 맘대로 합의하고 파업 선언한 하체를 달래
작업을 독려한다. 눈에는 보이나 짧고 지친 발길에 따르자니
한참 동안 가물가물 멀기만 하다. 해는 이미 업무를 마치고
퇴근 준비에 돌입할 자세고, 대기는 임무 교대를 벌써 마친
듯 한기가 옷섶에 파고든다. 피곤에 절어진 땀이 한 줌씩 식
어가니 배낭은 위치 에너지 원리를 과시하려는 듯 하강 위세

를 부리기 시작한 지 꽤 지났다.

사흘간 해파랑길 부산 구간을 걸으며 지난해 지진과 해일 피해를 보았던 해안 마을 곳곳에 지진대피소 안내 표지가 새롭다. 항구마다 더욱 보강한 방파제가 해안을 막아선 광경은 이제 바다를 낭만으로만 바라볼 수 없게 한다. 세상은 조금씩 때로는 급작스럽게 변해 가는데, 한 발 한 발 걸어가는 나그네 발길로는 자꾸만 헷갈린다. 발길처럼 세상이 언제 예상한대로 굴러 가던가. 눈치껏 알고 있는 대로 삶이 그대로 펼쳐지던가. 알고도 속고 모르고도 속아 사는 게 인생이 아니더냐. 어디선가 들었음직한 유행가 가락이 어둑한 허공에 둥실 떠오른다. 정녕 인생은 발에 밟히는 리얼과 가슴의 로만 중간쯤에서 오락가락 하는 건 아닌지 모르겠다.

정말이지 정훈희 노랫말처럼 꽃밭만 펼쳐진 길로만 삶이 이어진다면 얼마나 좋겠는가. 노래나 한 소절 흥겹게 부르면서 세상 재미나게 살다 갈 수 있을 텐데, 해변에서 파도나 짐짓 희롱하면서. 일출과 낙조를 벗 삼아 즐기면서 말이다. 희망을 챙겨 담은 배낭을 추스르며 하룻밤 보낼 곳을 찾아 두리번거린다. (2017.11.)

삼다도 올레

제주도 올레를 걷는다. 돌담장 마늘밭 옆길을 지난다. 밭둑 위 살랑대던 바람이 뺨을 간질인다. 졸졸 따라오던 바람은 해변 길에 들어서자 물살을 만들고 파도를 부른다. 물질하는 해녀가 서넛 보인다.

돌은 제주도 뿌리다. 돌이 없다면 제주 섬은 바다에 떠 있을 수 없다. 휘몰아치는 태평양 거센 바람을 견뎌낼 수 있는 건 오로지 한라산이 뿜어낸 돌 덕택이다. 그 낯빛이 검은 건 뭍을 그리워하는 마음이 짙게 타들어 그리 변한 건지 모른다. 숯이 되기 전 서린 속내를 드러낸 것인가. 제주도에서 밟고 만지고 보는 돌은 육지 돌과 다르다. 검고, 구르지도 않고, 단단하지도 않은 돌 같지 않은 돌, 섬이면서 섬 같지 않게 넓은 땅, 한반도 남쪽에 가장 높이 솟은 한라산이 돌의 어머니가 아니었다면, 제주도는 바다에서 솟아나지 않았으리라.

묻의 돌은 바람을 막아서지만 제주도 돌은 바람 길을 만들어 배려하고 타협할 줄 안다. 나만을 고집하지 않고 상대를 인정한다. 돌담을 쌓아도 바람이 지나가는 길을 낸다. 집에 대문을 달지도 않지만, 달더라도 문은 없거나 항상 열어둔다. 바람이 지나가듯 사람 통행도 막지 않는다. 집에 오는 바람을 막아내지 않듯, 오가는 사람도 막지 않는 걸까. 막고 부딪혀 다투기보다 공존하는 상생 법칙을 일찍이 깨우 친 바는 아닐까.

제주도 돌은 한 자리 언제나 묵언 수행에 오롯한 돌하르방으로 현신한다. 삶은 인내하며 견뎌야 한다는 듯 눈망울 선하게 바라본다. 뿐만 아니라 돌은 어깨끼리 기댄 담조차도 자유로이 소통하도록 몸을 뚫어 진심을 보여준다. 제대로 소통하려면 진심이 담긴 속을 훤하게 보여야 한다는 것을 그는 알아냈기 때문일까. 성난 바람도 돌담과 만나면 성질머리를 달래며 점잖게 지나간다. 바람은 제 가슴을 뚫고 보여준 돌의 진심을 보았기 때문이리라.

바람은 제주도의 에너지다. 바람이 불지 않는다면 숨탄것

103

은 살아갈 수 없을 것이다. 바람이 숨을 불어넣어 나무는 푸르고 작물은 생기를 얻는다. 노루가 뛰고 말이 경중거리는 것도 바람이 그들을 불러내고 추어댄 탓이다. 바람이 없었다면 한라산 철쭉도 가파도 보리 싹도 세상 구경을 못했으리라. 제주도 바람은 핫바지 남정네 같아도 제 몫은 충분히 감당하는 든든한 사내를 닮았다. 바람이 불어야 돛을 올리고 바다 멀리 고기 잡으러 갈 수 있다. 바람이 구름을 몰고 와야 제주도 많은 생명이 목을 축이고 생명수를 얻을 수 있다. 바람은 자유로운 영혼의 눈이다. 길이 따로 없고 형상도 자유자재다. 눈에 보이지 않는다고 존재가 없는 것은 아니듯 신의 모습을 닮아 있다. 신이 안 보인다고 무시한다면 재앙이 따르고 뒤탈이 난다. 바람도 조심조심 다루고 경외심을 보이지 않으면 언제라도 위력을 실감한다.

제주도는 한라산이 그 모든 광풍을 막아내기에 묵묵히 견뎌낸다. 온 몸으로 바람을 막아내느라 한라산은 언제나 경계 중이다. 보초를 서느라 한 시도 쉴 새 없이 몸을 뒤척인다. 뭍사람이 한라산을 오를 땐 근신하듯 경건해야 하는 이유다. 한라산을 타 넘은 바람은 섬 이곳저곳을 돌아다닌다. 산책하듯 나서기도 하고, 경주하듯 몰아치기도 한다. 숲에서 불어

보다 마을길에도 나타나고, 해변을 어슬렁대다 사람 품속도 파고든다. 여기저기 실컷 돌아다녀야 마음을 가라앉히고 잘 수 있다. 칭얼대는 아기도 할 만큼 해야 진이 빠져 스르륵 잠들듯 말이다. 이런 바람은 맞서기보다 달래야 탈이 없다.

제주도 여자는 남자를 붙들어 앉히고, 먼 바다 풍랑에서 돌아오게 하는 원기原基다. 제주도에 터 붙이고 사는 모든 생명체는 여자에게 얼마간 빚지고 산다. 고운 손으로 돌담 쌓아 밭을 일구었고, 숨찬 물질하며 갈라터진 살갗의 공덕이 없었다면 제주 섬은 진작 버려진 섬이요, 낙오자 소굴로 역사에 한 줄 상처로만 남아 있었으리라. 제주도 여자는 돌을 닮아설까. 어떤 바람이 몰아쳐도 꿈적하지 않는다. 단단히 자리를 지켜 뭍으로 떠난 바람난 남정네를 불러들이고, 고기잡이 멀리 떠난 사내가 반드시 돌아오게 한다. 한라산보다 굳건하게 집을 지켜 퍽 든든 하달까. 비바람 몰아칠 때는 오름 억새처럼 몸 줄기를 숙여 난세를 피한다. 바람은 맞서는 게 아님을 알아챈 그들은 길을 터주고 몸을 낮춰 잔잔해지길 기다릴 뿐이다. 어차피 바람은 불어가기 마련이라는 것을 보았기에 그리리라. 바람에 순응하여 돛을 펼치듯 세파를 견디는 게 인생이란 걸 바람에게 들었으리라.

105

제주도는 예부터 돌과 바람, 여자가 많은 섬이라 했다. 이를 사랑할 줄 알아야 제주도가 아름다워 보인다. 아름다워서 사랑스러운 게 아니라, 사랑하므로 아름답게 보이는 것. 올레를 걸으며 아름다움을 전신 그득 느낄 때, 삼다도는 가슴 가까이 다가온다. (현대수필, 2017년 여름호)

노류장화

걸으면서 길가에 핀 꽃을 본다. 꽃이 얼굴 그득 웃으며 반긴다. 나 또한 눈웃음을 보낸다. 꽃과 서로 웃음을 주고받다 보면 몸 안으로 꽃이 들어온다. 슬며시 들어와 여기 저기 자리 잡는다. 말릴 새가 없이 스르륵스르륵.

꽃만 그런 것이 아니다. 걷다보면 나무도 만난다. 그들도 환영하며 손을 흔든다. 역시 답례로 마음의 손을 가볍게 흔들며 응대한다. 놀라지 않도록 아주 가만히 작은 손짓을 보인다. 혹 아직 봄잠에 취해 있으면 그들을 깨워서는 안 된다. 잠이 덜 깼는데 누군가 그 잠을 방해하면 누구나 짜증이 난다. 나무라고 그런 성깔이 없겠는가.

나무로 태어난 너나 인간으로 세상에 나온 나나 똑같이 이 땅에 태어난 생명체 아닌가. 그들과 함께 걸으면 나는 어느

새 꽃 한 잎 되고, 나무 한 줄기 되어 스르륵 자연 일부가 된다, 한걸음씩 걷고 걷다 보면 그들 속으로 스며들고, 그들이 속으로 들어와 한 몸이 된다. 믿을 수 없지만 분명하게 느끼는 화학 변환.

걷기 마술인지도 모른다. 자연스레 마술사가 되게 하는 건 기다. 은근한 자연 마술에 취해서 흔들리며 걸어가는 이유이고 계속 걷게 하는 기쁨이다. 혼자 외로운 기쁨이지만 어찌해볼 도리는 없다. 인생길은 어차피 홀로 가야만 하는 길이니까. (2018.5.)

4부
배낭을 꾸리며

올레 16코스

시를 읽는다. 수산리 지나는 올레 길가에 시가 길손을 반긴다. 바위를 잘라 다듬은 판석을 세워 놓았다. 시구를 새겨서 올레꾼이 보도록 만들었다. 다리 쉼 삼아 정성에 호응한다. 눈에 익은 시도 보이고 낯선 시도 보인다. 지난 한 때는 시를 읽었다. 순수 독자로서 읽은 건 아니었다. 생업으로 읽었다. 시를 읽는 여러 경우가 있겠지만 밥벌이용으로 읽는 건 흔한 일은 아닐 것이다.

"내가 그의 이름을 불러주기 전에는 그는 다만 하나의 몸짓에 지나지 않았다."란 구절, 김춘수 시인의 '꽃'이 보인다. 풀숲 길가에는 "순이 벌레 우는 고풍古風한 뜰에 / 달빛이 조수처럼 밀려 왔구나" 장만영 시인의 '달·포도·잎사귀'를 새긴 판석도 보인다. 익숙지 않은 이름 손세실리아의 '반쯤'을 안

111

은 돌도 나란히 자갈 초석 위에 서 있다. 수산봉 아래 수산리는 올레 나그네를 위해 시로 물든 거리를 만들었다. 시를 사랑하는 마을 시심에 마음 아늑해진다.

논문을 쓰려고 시 읽던 것과 다른 감흥을 맛본다. 시를 사랑하기에 공부했다, 사랑하니까 서로 만나는 남녀처럼. 그런데 시를 읽으면서 무언가 연구 거리를 찾는 것은 사랑 아닌 집착이 되었다, 연인이 만나는 일에 집착하듯. 흥미를 잃고 밥벌이 일상이 되었다. 시는 그렇게 가슴에서 머리로 갔다가 다시 손으로 내려왔다. 사랑하기 때문에 결혼까지 한 여인이 아줌마 되고 그냥 집식구 되고, 애들 엄마 되었다가 함께 사는 동거인으로 변해가듯, 시는 점차 빛을 잃었고 향기는 멀리 사라져 떠나갔다.

올레 16코스를 걸으며 길가에서 시를 보자니 지나간 과거가 아련하게 서글피 다가온다. 그동안 시를 잃었으나 생활을 얻었다. 시를 보냈더니 편안한 일상이 찾아왔다. 시를 잊고 그날그날 삶에 묻혀 지냈다. 한동안 잊고 살았던 첫사랑 그리움처럼 시가 반갑게 길가에서 문득 손짓한다.

아름다웠고 싱싱했던 지난날은 퇴색한 사랑의 열정처럼 가뭇없이 사라지고 없다. 다시 그날로 돌아갈 수 없는 것, 그리

움만 길가에 새겨놓은 판석 시구처럼 가슴 한편에 담을 수 있을 뿐. 과거는 현재 삶 속에 녹아 몸 구석구석 흘러 다닐 것이다. 걸어가는 길이 끝없이 이어져 앞에 놓여 있듯, 지나온 길 돌아보지 말고 앞길로 걸어가자. 한 편 사랑이었던 시를 생각하며, 그 시절 그리움 지고 걷고 또 걷는다. (2018.3.)

의사나 간호사

부산행 KTX 타고 가는 중. 해파랑길 걸으려고 시작점으로 이동하는 길. 자주 가는 곳이 아니니 고속열차도 낯설기는 마찬가지. 진동을 별로 느낄 새도 없이 빠르게 남행한다.

손에 잡은 책을 읽다가 창밖에 쓱쓱 지나가는 풍경을 보다 깜박 졸았나 보다. 가물가물한 의식 중에 열차 안 스피커에서 안내 방송이 들린다. 다급하게 도움을 요청하는 소리가 실내를 울린다. 승객 중에 의사나 간호사가 있으면 X호차로 와달라는 내용. 긴급 환자가 생겨서 협조해달라는 재촉이 이어진다. 강조하느라 몇 번 더 다급한 목소리다.

채 말이 끝나기도 전에 남자 한 사람, 여자 두엇이 일어서서 그 방향으로 황급히 가는 게 보인다. 여자는 무어라 중얼대는데, 어쩔 수 없어 가지만 약간 귀찮아하는 말을 하는 것으로 들린다. 흔쾌하진 않지만 직업의식이 그들을 일으켜 세웠을 거라 짐작한다. 모른 채 그냥 앉아 있은 들 누가 알 수도 없고 안들 뭐라 할 일도 아닐 텐데.

웬만하면 열차 안에도 준비한 상비약이 있을 건데, 그걸로 해결 안 되는 위급한 환자가 생겼나 보다. 수백 명 승객 중에는 갑자기 환자도 생겨났듯이 그 중에는 의사나 간호사도 탑승했을 수 있어 방송했을 것이다. 마침 찾는 사람이 있어 다행이다 싶으면서도, 그러한 일이 열차 운행 중에 더러 있는 일이지 싶다. 승무원에게는 어쩌면 일상의 하나였을지라도 모처럼 탄 사람에겐 다소 신기한 광경.

영화를 보면서도 간혹 나왔던 장면이라는 생각이 떠오른다. 그동안 비행기를 여러 번 타기는 했어도 영화 장면처럼 환자가 발생하여 의료 전문가를 찾은 걸 본 기억은 없다. 다행스러운 일이었지만, 이처럼 열차 안에서 이런 광경을 만나는 것도 꽤 낯설다. 환자의 화급한 상황과 달리 아주 편안한 불구경 같다.

설핏 든 잠이 깨어 아쉽긴 해도 다시 읽던 책을 펼친다. 글자가 눈에 들어오는가 싶더니 편치 않은 엉뚱한 생각이 글자들 사이로 슬며시 끼어든다. 글을 쓰는 작가를 부를 일은 없을까. 열차나 항공기 안에서 "여기 글 쓰시는 작가님 안 계세요? X호로 지금 오시기 바랍니다." 하는 방송이 스피커에서 울려 나올 일은 없을까?

공상인지 망상인지 그런 생각에 빠져 있을 때 열차는 부산을 향해 남으로 남으로 달린다. 당신 따위 작가를 부를 일은 없으니 그런 헛된 일로 주행을 방해할 생각은 말라는 듯 더욱 빠르게 속력을 올리니 창가 풍경이 휙휙 사라진다. 망상을 떨쳐주려고 더욱 힘차게 레일 위로 열차는 바퀴를 굴린다. 바퀴를 보면 굴리고 싶어진다는 어느 시인처럼.

일상에서 별달리 쓸 일 없는 능력, 실용할 기술이 아닌 직업, 작가란 정녕 쓸모가 없다. 쌀 한 톨 구하는데, 열차를 타는데, 옷 한 벌 사는데 쓸 일이 별로 없는 수필 쓰는 능력, 열차 칸에서도 필요치 않은 능력, 겨우 글이나 읽으며 망상에 빠져버린 나, 또 다른 망상 여행이나 떠날 밖에.

지금보다 훨씬 시간이 지나 사람들이 스마트폰에 중독되어 문자로 무언가 쓰는 일이 점점 어렵고 힘든 날이 올지도 모른다. 그럴 때, 혹시 작가가 귀하게 대접받거나 일상에서도 쓸모가 많아질 수 있지 않을까? 혹시 마음이 아파서 글로써 치료해야 할 일이, 아주 급박하게 일어나지는 않을까? 망상은 공상이 되었다 허상으로 바뀌었다 환상으로 이어지는 망념에 빠져든다.

종착역이 가까웠으니 승객 여러분은 하차할 준비를 하라는 스피커 소리가 들린다. 잡념에 빠져들었든 시간에 열차는 목적지로 승객을 나르는 제 일을 제대로 했나 보다. 이제야 정신이 돌아온 듯 일어나 선반에 놓인 배낭을 내려 어깨에 멘다. 현실 공간으로 한발씩 심신을 들이민다, 아무 일도 없었던 것처럼 태연하게. (2018.3.)

야구와 인생

신문에서 프로야구단 한화 이글스 김성근 감독의 인터뷰 기사를 보았다. 그의 줄기찬 야구 사랑과 노익장이 특별했다. 매력적인 사내라는 생각이 다가왔다. 나이와 무관하게 불꽃을 피우는 그가 부러웠다. 자연스레 그의 팀이 경기하는 것을 보게 되었다. 그때부터 야구에 빠져들었다. 인생과 많이 닮아 보였기 때문이다.

1. 투수와 아버지

투수는 공을 포수한테 던진다. 마치 사냥감 향해 돌을 던지는 것과 흡사한 형상이다. 사냥시대에 가장은 먹거리를 위해 전력을 다해 목표로 돌진한다. 정확한 팔매질만이 사냥감의 급소를 맞힐 수 있고 대상을 절명시켜야 사냥은 끝난다.

돌팔매질이 화살에서 총탄으로 바뀌어도 명중시켜야 하는 명제는 변하지 않는다, 솜씨에 따라 가족 생존과 번영이 달려있기에. 사냥감(타자)의 급소(스트라이크존)에 꽂아 넣기 위해, 송진가루를 묻힌 손에 공을 그러잡고 겨냥한다. 한 번 순간이 지나면 기회는 다시 오지 않는다. 인생이 반복될 수 없는 일회적 삶인 것처럼.

한번 팔매질로 사냥감은 쉬 포획되지 않는다. 숨통을 끊어놓기 위해 세 번을 맞혀야 한다. 일회적 삶일지라도 일생 누구나 세 번 기회는 주어진다 말하듯. 권력을 잡고, 재물을 모으거나, 좋은 짝을 만날 수 있는 세 번 기회 등등, 3회는 평등한 선택 기회다. 신이 인간에게 허용한 기회. 3이란 숫자는 동서양이 따로 없고, 고대와 현대가 다르지 않다. 인간 서사는 그래서 시작과 중간과 끝의 3단계 구성으로 이루어지지 않던가. 인생도 따지고 보면 탄생과 사망 사이에 본생이 있지 않은가. 투수에게 타자를 아웃시키기 위해서 세 개 스트라이크, 어쩌면 삼진三振의 존립 이유리라.

투수를 보면 가장이 생각난다. 한 가족 전부를 짊어지는 남자, 야성이 더욱 필요한 이 시대 자화상을 투수에게서 본다. 점차 사냥감은 교활하고 강해져 조기 퇴직해야 하는 요즘이

듯, 9회까지 완투하는 투수는 많지 않다. 9회까지 탈 없이 던지고 승리를 한 뒤 한 가족(팀원)과 하이파이브를 하며 마운드를 내려오기를 모든 투수가 원하지만 쉽지 않은 일이다. 가장이 인생 9회까지 무사히 마치고 은퇴하고 싶어 하지만 극히 드문 걸 닮았다. 그래서일까, 샐러리맨이 인생을 은유하는 야구 관람에 열광하며 무의식적 동류의식을 찾는 것은 아닐는지.

마운드 위에 오뚝하니 올라선 투수의 고독을 이해한다. 한 팀의 아버지 역할이 얼마나 힘겨운가. 일구 일구는 손에서 떠나면 재생하거나 반복할 수 없다. 김성근 감독의 명언, '일구이무一球二無', 오직 한 번만 허용되는 투구 기회는 인생 요체를 밝힌 말이다. 다시 올 수 없는 한 번을 위해 매순간 최선을 다해 공을 던져야 하는 이유가 아닐까.

얼굴의 모든 근육을 씰룩대며 몸을 비틀어대 위태로운 자세로 힘 모아 던질 때, 투수 표정을 보면 가끔 슬퍼지기도 한다. 저 순간 살과 근육과 피와 내장이 긴장하는 걸 보며 고통을 공감한다. 공이 타자 스윙을 뚫고 포수 미트 한복판에 꽂힐 때의 쾌감, 어쩌면 그는 오르가즘을 느낄 것이고 카타르시스를 얻을 게다.

야구장에서 느끼는 카타르시스를 삶에서는 언제 느낄 수 있는가. 월급봉투가 사라져버린 지금 체감할 수 없어진 지 오래다. 침침한 골목길 포장마차 술잔을 비워 낼 때나 한 번씩 느끼게 되는 걸까. 지하철 구석 자리에서 까무룩 졸다가 문득 깨어 느껴볼 것인가. 세상살이 어디에서 쉽게 만날 수 있겠는가. 야구장에서 투수의 일구 일구에 환호성을 내지르는 이유는 아마 그런 것일 터.

오늘은 어느 투수가 등판하는지 궁금하다. 몇 회까지 마운드에서 생존할 수 있을지 자못 관심사다. 응원하는 팀이라면 9회까지 견뎌내길 바란다. 인생 9회까지 굳건한 아버지로서 온전한 삶을 유지하고 싶은 마음에서 그렇다. 야구 경기를 보고 있자면 투수와 동일체가 되어 간다. 손에서 공이 떠나가는 순간이 간절하게 다가온다. 투수는 곧 나이기에 오랜 시간 마운드를 지키길 염원하며 눈을 뗄 수 없다. 투수에게 파이팅을 외친다.

2. 포수와 여자

여자마냥 앉아서 일을 본다. 시작하면 끝날 때까지 모든 걸 앉은 채 처리한다. 가끔 일어서긴 하지만 자주 있는 일은 아니다. 식구 모두 일터에 나갔는데 그만 집을 지키고 있다. 쳐 놓은 줄에 먹이가 걸리길 노려 시종일관 매섭게 눈동자를 굴리는 왕거미와 닮아 보인다. 그 이름은 포수.

투수 다음이라 생각하나, 어쩌면 임무가 더 막중할지도 모른다. 던진 볼을 잘 받아주어 안심하고 공을 던질 수 있게 해야만 한다. 투수가 난조에 빠지지 않게 하고 수비수들에게 적절한 신호를 보내야 하는 것도 포수 몫이다. 왕자가 목숨을 걸면서도 적장에게 달려 나가는 것은 아리따운 공주의 발그레한 미소요, 봄바람 손짓으로 살랑대기 아니었을까.

포수는 잠시도 쉴 틈이 없다. 언제나 긴장된 표정으로 그라운드를 시야에 담아야 한다. 공격수가 베이스에 나가 있기라도 하면, 온 신경은 주자의 작은 움직임까지 집중해야 한다. 자녀가 대문 밖으로 나가면 들어오기까지 긴장하고 기다리는 어머니처럼. 기다리다 지쳐 하얗게 밤새 졸아드는 것은 그믐달만은 아니다.

포수라는 자리만 잘 지켜선 인정받기 힘들다. 타석에 섰을 때 공격 흐름을 이을 수 있어야 한다. 고달픈 주부가 집안 살림만 잘 꾸린다고 인정받기 쉽지 않은 것과 같다. 남편 바람기를 다스릴 줄도 알아야 하고 자녀 탈선을 방비하여 미리 건

사해야 유능하단 평판 머리핀을 꼽을 수 있듯, 드러내 떠버리기보단 팀원 간 화합을 위해 묵묵히 수행하는 게 겸손한 미덕이다. 요란한 확성기로 손님을 유인하는 물건치고 값싸고 품질도 좋기는 어렵듯.

몸 가벼이 촐랑대거나 외출이 빈번하면 살림은 곰팡이 슬기 쉽다. 손이 헤퍼 이것저것 질러대면 가정 파산은 멀리 바라만 보는 산이 아니다. 아무리 남편이 물을 열심히 길어 와 부어대도 새는 바가지로 깨진 독은 결코 채울 수 없듯이 처신이 신중해야 하는 이유다. 포수라고 다를 게 없다. 투수가 편안히 던지게 하려면 좌우 이동 폭이 크거나 공을 잡은 미트가 불안해선 안 된다. 타자 동작 하나에 민감하게 반응하는 일도 경계해야 마땅하다. 투수를 불안하게 하여 심리가 흔들리면 결코 좋은 공을 던질 수 없기 때문이다. 바람이 몰아치는 산꼭대기엔 나무가 곧고 크게 자라기 힘든 것처럼.

그녀에겐 사생활이 따로 없이 자신을 내려놓고 가족에게 헌신한다. 주부 희생 없이 훌륭한 자녀 성공이 있기 어렵고, 남편 출세 또한 쉽지 않다. 그러함에도 결과가 조금만 맘에 들지 않으면 어머니를 탓하고 아내 때문이라고 투덜대기 일쑤다. 희생은 크지만 보상 받기 어려운 자리가 주부이듯 포

123

수 역시 그러하다. 무거운 여러 보호 장구를 매달고 쪼그려 앉아 공 받고, 잘못 던진 공이나 수비수의 빗나간 공은 몸을 던져서라도 막아야 한다. 한 개라도 실수하면 승리가 어느 순간 허공으로 날아간다. 어머니처럼 평생 가족을 위해 희생하는 삶이 야구 포수라 해도 어긋난 말은 아니지 싶다.

야구단이 좋은 성적을 올리려면 반드시 유능한 포수가 있어야 한다. 포수 활약은 팀 성적을 좌우하기 마련이다. 가정 화목과 번영도 역시 집안에 주부가 어떻게 하느냐에 깊이 얽매인다. 성공적 수비는 그라운드에 서 있는 수비수 몫이지만 앉은 채 조율하는 것은 바로 포수이다. 제아무리 큰 배라도 키가 제 구실을 못하면 파도를 헤치며 대양으로 나아갈 수 없지 않은가.

야구를 맹목적으로 즐기지 않으려면, 안타나 홈런 칠 때만 재미있어 한다면, 그는 야구 진수를 모르는 초보일 뿐이다. 얼굴을 가린 보호 마스크 뒤에 가려진 포수 표정을 살필 수 있어야 진정 야구를 알고 사랑하는 팬의 자격이 있다. 어머니 얼굴 뒤에 숨겨진 진실을 알아채야만 진정한 효자 아닐까.

3. 홈런 타자와 샐러리맨

타자가 타석에 들어온다. 타격 폼을 잡더니 투수를 바라본다. 투수가 던지는 공은 어떤 거라도 맞혀 칠 자세로 눈에 초점을 모은다. 투수는 이번에는 절대로 맞힐 수 없다고 노려보다 가장 자신 있는 공을 포수 미트를 향해 뿌려댄다. 예상하여 기다렸다는 듯 배트가 힘차게 허공을 가른다. 맞은 공은 높이 떠서 외야 스탠드 상단을 향해 쏜살같이 날아가 박힌다. 손을 들어 환호하는 관중을 향해 빙긋 웃고 여유롭게 베이스를 돌아 홈으로 치닫는다. 모든 타자가 그리는 대박 이미지다.

타자는 그라운드에 나가기 위해 홈플레이트에서 투수 공을 기다린다. 샐러리맨도 직장에 가기 위해 집을 나서야 한다. 집을 떠나 일을 해야만 먹을거리가 생기는 현실이다. 타자는 공을 안전하게 그라운드로 보내야 한다. 가능한 멀리 쳐 보내는 게 좋다. 그래야 소득이 많다. 가까운 일터보다 먼 곳이 보수가 많은 것도 세상 셈법이다. 깊고 먼 숲에 가야 튼실한 사냥거리가 많은 거다. 한국 산업화를 일으킨 우리 세대가 머나먼 열사의 중동으로 갔고, 오지 밀림에서 피땀을 흘린 것은 이 때문이 아니던가. 이들이 벌어들인 외화가 우리

경제를 살찌게 했고 오늘날 국부國富의 밑거름이 되게 했다.

공을 때려서만 진루하는 것은 결코 아니다. 눈치 빠르면 절 간에서도 젓국을 얻어먹는다는 건 어디서나 통하는 이치다. 야구장이라고 왜 없겠는가. 투수 공이 스트라이크존을 빗나 가게 하면 된다. 투수와 신경전을 벌여 얻어내기도 한다. 쉽 게 오지는 않지만 불가능한 것만은 아니다. 세상에 노력 없 이 거저 얻는 것이 없다는 걸 명심하는 게 좋다. 투수는 안타 보다 사구四球로 타자를 내보내는 걸 더 불쾌하게 여긴다. 타 자 실력보다 자기 실수를 인정하는 꼴이기에 아주 꺼려한다. 이걸 이겨내고 1루 베이스에 걸어 나가는 건 어쩌면 안타를 친 것보다 신나는 일이다. 샐러리맨이 보너스를 받는 셈이니 어찌 유쾌하지 않겠는가.

타자에게 보너스는 또 있다. 투수 공을 몸에 맞고 진루하 는 것, 사구死球다. 보너스이긴 해도 잘못 받으면 아주 위태 롭다. 보너스를 자주 기대하는 건 일은 제대로 하지 않고 뇌 물을 챙기려 드는 못된 정치꾼을 닮는 일이다. 잘못 받은 뇌 물은 정치적 생명을 단축시키듯, 부상은 심하면 영영 야구 판을 떠나야할지도 모른다. 몸에 맞더라도 요령껏 맞아야 한 다. 넋 놓고 있다간 매우 위험한 꼴을 당하게 된다. 어떤 것이라도 지나치면 미치지 못함과 같다는 건 스포츠에도 통하는 세상 이치다. 성공을 위해 외줄타기 도박을 선택하는 것과 무엇이 다르겠는가. 스포츠맨십을 아는 타자라면, 자기 능력과 정당한 노력으로 떳떳하게 진루하려는 마음으로 타석에 서야 하지 않겠는가. 제 길을 반듯하게 걸어가는 자에겐 보너스가 하늘에서 툭하고 떨어지는 경우도 간혹 있으니 말이다.

베이스에 진루했다고 타자 역할이 끝난 건 아니다. 집에서 떠난 사냥꾼은 안전하게 귀가해야 일이 끝난다. 확실한 퇴근으로 마무리해야 식구들이 편안한 밤을 맞이할 수 있듯, 타자는 3개 베이스를 지나 홈플레이트까지 밟아야 한 번의 공격 여로가 성공한 셈이다. 홈런 치면 간단히 해결되지만 언제나 기대할 수 없다. 누구나 홈런 타자가 아니고, 언제나 치는 것은 아니란 얘기다. 로또에 당첨되듯 홈런을 기대하고 크게 배트를 휘두르는 건 힘만 들었지 소득은 별로 없다. 꿈은 커야 한다고 무조건 대우가 좋은 대기업이나 안정된 직업만 선택하려 용쓰는 청년을 보듯 안쓰럽고 민망한 장면이다. 어떻게든 한 베이스라도 진루하려는 자세로 달려드는 게 옳다. 그러다 보면 홈런을 치는 수도 더러 나오기 마련이다.

다음 타자 도움 없이 한 베이스를 건너가는 방법도 있다. 도루盜壘라는 불량한 이름이지만, 분명 합법적 허용이다. 여기엔 사냥터에서 야수를 쫓던 날랜 발이 필수다. 날카로운 눈매로 투수와 포수 허점을 파고들어야 가능한 행운이다. 행운도 거저 얻어지는 건 아니라, 반드시 노력하는 자에게만 온다는 걸 매 순간 인정하는 게 바른 태도다. 그라운드 긴장은 바로 도루하려는 주자와 이를 방어하려는 수비진의 짱짱한 줄다리기에서 나온다. 한 순간도 방심할 수 없는 건 외출한 가장을 기다리는 식구나, 사냥에 열중한 샐러리맨이 함께 치러야 할 현대의 고행적苦行的 삶이라 말해도 결단코 지나치지 않는다.

타자에겐 타율이란 게 있다. 타석에 선 회수 대對 안타를 친 비율을 일컫는다. 아무리 유능한 타자도 평균 타율이 4할을 넘어서기 어렵다. 3할 대를 유지하면 우수한 성적이다. 야구 기원부터 오늘날까지 전 세계 모든 타자들한테 이 비율은 요지부동이다. 그만큼 10번 휘둘러서 3개나 4개 안타를 치기가 그리 힘들다는 얘기다. 뛰어난 타자가 쉽게 나오지 않듯, 인생 성공도 만만한 게 아니라는 사실은 바로 야구 역사가 생생하게 증언하는 중이다.

우리 인생도 평생 동안 시도한 일 성공률 3할이 넘으면 만족한 비율이고, 4할이 넘는다면 정말로 대성공인 셈이다. 타율을 인생만사에 대입하면 행복 지수가 조금 더 상승하지 않을까 싶다. 야구 경기에서 배우는 인생 교훈이라 하면 어떨까.

4. 수비수의 고독

구기 스포츠는 득점이 잘 나지 않으면 관중 재미는 반감된다. 정해진 점수로 승패를 결정짓는 탁구와 배구 등과 달리, 제한 시간 득점으로 경쟁하는 종목일수록 그것과 흥미는 비례한다. 농구, 축구가 마찬가지고 야구 또한 이 점에선 특히 그러하다. 각 팀당 아홉 번의 시도, 양 팀을 합치면 열여덟 번의 공격 기회 중에서 한 점도 내지 못하면 혹 짜증이 나기도 한다. 이럴 때 연장전 경기는 관중 입장에선 지루하여 팔매질의 본능적 유혹을 떨쳐내기 쉽지 않다.

이를 견뎌내고 끝까지 자리를 지키면서 재미를 찾을 수 있다면 분명 훌륭한 야구팬일 것이다. 야구를 진정 즐길 줄 아는 셈인데, 득점 장면을 보지 못하면서 유쾌한 시간을 보낸다면 분명코 수비수 고독을 공감하는 것이리라. 아니라면 해설자가 이런 상황을 두고 반드시 말하게 마련인 투수전이 펼

처지는 군요, 에 동의하거나 그만의 독특한 관람 지혜를 터득한 고수임에 틀림없다.

수비를 하지 않는 타자 전문도 있긴 하지만 수비수는 타자 겸업이다. 야구 선수라면 타자와 수비 포지션은 둘이면서 한 몸으로 치러내야 하는 양두사兩頭蛇의 숙명을 감내해야 한다. 차라리 인생 모두의 타고난 천형天刑이 아닐 수 없다. 실상 단 하나 신분으로만 살아갈 수 있다면 인생 별로 어려울 것 없어 보인다. 겪어 본 사람은 알듯 남자와 여자, 아들과 딸, 아버지와 어머니, 직업인과 국민으로 산다는 것이 그리 만만한 것이 아니란 것쯤은 몸이 먼저 반응하지 않던가. 인간 업보이니 빨리 인정하고 땅속 지렁이처럼 기듯 사는 것이 인생 고민을 하나라도 더 줄이는 것은 아닐는지.

어느 자리도 편하지 않고, 중요하지 않은 수비는 없다. 9명 전원이 각 포지션에서 한 치 어긋남 없이 상대 팀의 공격을 막아내야 한다. 그라운드에 서 있는 위치로만 경중의 잣대를 들이대는 건 야구의 참된 구경꾼은 아니다. 위대한 인물이나 길거리 비렁뱅이나 한 사람 인생은 어느 누구와도 견줄 수 없이 소중하고 귀하기 때문이다. 선수에 따라 잘 하는 기능이 따로 있고 쉴 사이 없는 훈련이 각 포지션 최고 능력자로 보이게 하는 것일 뿐이다. 부모로부터 생명을 받아 세상에 얼굴을 디밀은 어떤 사람이라도, 한 목숨 부지하며 살아갈 수 있는 소질 하나쯤은 타고난다고 보는 게 옳지 않겠는가.

단 한 번 공을 글러브에 담아보지 못하고 경기가 끝날 수 있다. 어떤 날은 유난스럽게 자기 앞으로만 보리밥에 방귀 새듯 쉴 새 없이 다가온다. 혼자서 수비를 다한 것처럼 매 번 공을 잡아내는 때가 있다. 어느 날은 로또가 맘대로 안 되듯 경기가 끝날 때까지 공이 다가오지 않는 경우도 있다. 어느 날은 밥 먹듯 다가온 공을 실수하지 않고 잘 처리해 박수를 받는다. 또 어떤 날은 날아드는 공을 놓쳐버리거나 글러브로 잡았는데 송구하면서 실수한다. 결정적인 것이라서 팀 승패에 바로 연결된다. 가닥을 알 수 없어 실이 꼬인 것처럼 가늠이 안 되는 경기가 더 많아 보인다.

공을 제대로 잡아 처리하는 기쁜 시간은 금세 지나간다. 실수 한 순간 아픔은 굼벵이처럼 가는 건지 멈춰선 것처럼 머물 것이다. 관중에게 환호성을 불러내던 멋진 경기는 KTX 달려가듯 망각 역으로 향하고 어쩌다 마주한 실수는 피부에 박힌 죄수 낙인처럼 통각의 바위에 깊이 새겨지지 않을까. 환희와 통증 교차는 요단강처럼 아득할지, 멱라수처럼 깊을지, 하루

살이 충생蟲生처럼 짧기만 할지, 해결할 수 없는 난제가 덮쳐 오면 누구나 고민의 수렁에 빠지지 않을 수 없다. 한 생명의 고뇌가 온 우주 적막처럼 몰려들 것이다. 이걸 견뎌내려면 고독을 습성화 하지 않고는 결코 견뎌낼 도리가 없을 게다.

그라운드에 공이 날아오고 굶주린 한 마리 맹금이 먹이를 낚아채듯 전신을 오체투지 한다. 바르고 빠르게 처리하기 위해 공중으로 몸을 던지고 손을 뻗으며 다리를 펼칠 때 지구의 온 중력을 한 몸으로 받을 것만 같다. 공이 앞으로 달려드는 순간을 놓치면 생명은 그만 숨을 멈출 것이고 잡아야만 미래가 있다. 어찌 지구를 들어 올리는 중력을 견뎌내지 않을 수 있을 것이며 천길 벼랑 외나무다리를 건너 산삼을 찾아가는 심마니 심정이 되지 않을 수 있겠는가. 둘러보면 그라운드에만 심마니가 있는 게 아니다. 삶은 어느 곳에서도 생존 중력을 견뎌내며 고달픈 심마니로 살아가야 한다 해도 결단코 엇나간 말은 아닐 것이다.

우리는 실수를 연발하며 살아간다. 인생 공격과 수비는 실패 연속이다. 그렇지 않고 살아갈 수 있다면 인간이 아니라 차라리 신이라 불려야 마땅하다. 하지만 이 규칙이 통하지 않는 곳 한 군데가 바로 그라운드다. 살면서 실수는 밥 먹기보다 자주 있지만 수비수에겐 용납되지 않는다. 한 번 실수는 바로 승부를 결정짓는 경우가 허다하기 때문이다. 순간 실수도 용납하지 않는 냉혹함은 진정한 프로 세계를 보여 준다. 프로 세계를 보면서 우리는 인생 실패를 위로받고 힘을 얻어 또 다른 실수를 잊어 가면서 살아가는지 모르겠다. 인생 프로가 되고 싶은 꿈을 꾸면서 말이다.

내가 불꽃을 피울 수 있는 것은 무엇인가. 김성근 감독처럼 일생을 바치면서 노익장을 과시할 수 있는 것을 찾진 못해도 남은 생을 투여할 수 있는 소중한 것이 과연 있기는 한가. 야구를 좋아하면서 과제로 되돌아왔다. 이걸 풀기 위해 더욱 야구를 사랑해야 하는 것은 분명하다. 인생 의문과 해답이 거기에 있지 않을까 해서. (수필미학, 2016년 여름호)

태극기를 달다가

국경일에 태극기를 단다. 태극의 둥글고 휘어진 부분이 서로 맞물려 원을 이루는 걸 보노라면 조화의 아름다움을 느낀다. 바람이라도 마침 불어주면 파란 하늘에 날리는 태극기는 한국인임을 자랑스럽게 한다. 어느 다른 나라보다도 국기만은 우리 것이 최고라는 생각이 태극기를 볼 때마다 뿌듯하게 다가온다. 특히 국제 행사에서 다른 국기와 나란히 게양 되어 휘날릴 땐 더욱 뜨겁게 가슴을 울린다.

붉은 색과 파란 색이 위 아래로 나뉘어 유연한 곡선으로 서로 상대를 배려한다. 큰 부분이 점차 좁게 줄어들면서 끝에서 꼬리를 이루는데 그곳에서부터 또 다른 큰 쪽과 맞물린다. 하나는 스스로 작아지며 다른 것의 큰 부분을 받아들인다. 이질적인 것을 배척하기보다 너그러이 포용하며 하나를 이루는 이 태극 도형은 음과 양의 어울림이 어떠해야 하는지 시각적으로 환하게 드러낸다. 서로 상반되는 것과도 한 공간에서 공존할 수 있다는 묵언의 가르침이 아닐까.

이질적인 것이 불과 물처럼 따로 노는 것이 정상적인 자연 현상이다. 세상은 같은 것과 다른 것이 뒤섞여 움직인다. 동양에선 세상을 이분법적으로 보고 이것을 볕과 그늘, 음과 양으로 규정한다. 대표 철학서인 주역은 이것을 중심으로 세상의 다기한 현상을 풀이하고 의미 짓는다. 일러서 음양의 이분법적 우주관이다. 여러 자연 현상과 인간관계도 모두 이를 적용해 풀어낸다.

남녀는 생물계 대표 음양 관계다. 여자는 음을 대표하고 남자는 양을 대표한다. 양 세계는 밝고 활력이 드러나며 음 세계는 그늘이고 정적이다. 이것만으로 끝나지 않고, 남자인 양에도 음 영역이 있고 여자에게도 양 부분이 있다. 한 개체에도 음양 양면성이 존재한다. 이 때문에 음과 양이 조화를 이루지 못하면 심각한 문제가 일어난다. 동양의학에서 신체 질병의 기본 원리는 이 음양 조화의 파탄으로 본다. 즉 양자 조화가 필요한 까닭이다. 이는 심신 이중성에도 해당되고, 영과 육에도 동일하다. 역시 함께 어울려야 건전한 인간이 될 수 있다는 얘기다.

남녀도 한 집안에서 음과 양으로 살아간다. 서로 이질적인
것은 신체 차이만이 아니라 사고방식과 감정에서도 드러난
다. 남자는 화성에서 온 인간이고 여성은 금성에서 온 것이
라는 말도 바로 이를 두고 하는 말이다. 서로 다르니 갈등과
격돌은 자연스러운 현상일지도 모른다. 이 자연스러움으로만
살아간다면 긴장과 불만으로 집안은 가득 차고 말 것이다.
이 이치를 제대로 깨우치지 못하고 살던 지난날에는 우리 집
도 찬바람이 자주 불었다. 수십 년을 부딪쳐 살다 보니 조금
은 음양조화를 알게 된다.

태극기의 조화로운 음양 어울림을 보면서 세상의 이분법
사유를 확인하고 만다면 참된 의미를 바람결에 날려 보내는
일이다. 붉은색 양과 푸른색 음이 끝과 처음에서 맞고 물리
는 화합을 보며 남자와 여자도 서로 인정하고 받아들이며 함
께 어울려 살아야 한다는 걸 휘날리는 태극기에서 보고 있
다. 태극 음양처럼 아내와 맞춰가며 조화롭게 살려고 힘쓰는
중이다. 태극기를 달 때마다 다짐해 보곤 한다. (2018.6.)

여자여, 바지를

여인의 치마는 하체를 가리며 덮어준다. 남에게 보여주기 싫고 부끄러운 욕망을 숨길 수 있다. 그건 음의 세계에 잘 어울린다. 무슬림 여자를 보면 알리라.

짧은 치마는 각선미를 노출하며 감춰진 욕망을 투사投射한다. 거친 세상과 남성을 향한 투사鬪士가 되지 않으려면 미니스커트는 입지 않는 게 좋으리라. 과감한 저항이고 용맹스런 도전임을 잊지 말자. 그걸 입는 순간 바다에서 튀어 올라온 생선처럼 펄떡거릴 게다.

바지는 야생 사냥꾼을 위한 전투복이 분명하다. 인생 벌판 길을 달리거나 세상 밀림의 과실 수확에 썩 유용하다. 바지는 하지下肢의 굴곡과 요철을 잘 포장해 햇발 아래 드러나게 한다. 탱탱한 근육이 햇살 아래 튕겨지는 여인이 입어야 멋

137

지다. 나이는 묻지 말라, 자신의 몸을 사랑하는 여성에게 주어진 선물이고, 삶을 아름답게 가꿔온 사람의 정직한 표정일 따름이다.

여자여, 치마를 입어야 하는지, 바지를 입어야 하는지 심각하게 고민하자. 타인의 시선에 마음 쓰이거나 아름다운 뒤태를 소망한다면 치마와 바지 선택에 신중할 것을 권한다. 무감無感에 맡기든지, 명랑한 환경에 일조하던지 그건 당신 자유다.

바지에 아직 미련을 버리지 못하면 몸뻬 탄생을 생각하며 차라리 일 바지를 입어라. 혹은 치마바지 이중성을 알고 있는가. 피차 양해하는 관용 정신이 아름답지 않은가. 여인 일 바지가 바로 이것이 아니겠는가.

여자여, 바지를 벗고 치마를 둘러라. 치맛자락은 험난한 세상을 감싸 안고 미움을 녹이는 용광로다. 세상에 겁먹은 어린 아이가 엄마 치마폭에 달려드는 까닭이 여기 있다. 그래도 미련이 등을 떠밀면 스키니 진을 입고 뒤태를 확인해 볼 것, 고개를 갸웃대는 마음 한 자락이라도 있다면 지체 없이 벗을 것, 그게 거리 미관을 배려하는 훈훈한 맘씨 한 자락은 아닐는지. (에세이문학, 2016년 봄호)

제주도

여행을 즐기거나 조금 색다른 풍경에서 삶의 찌든 때를 벗고자 하는가. 아니면 새로운 생의 활력소를 찾기 바라는가. 예라는 답을 하신다면 주저 없이 제주도를 찾아보라 권하고 싶다.

제주도는 태평양에 떠있는 화산섬이다. 우리나라가 삼면이 바다라면, 제주도는 전면全面이 바다. 섬이라고 해도 육지와 같은 점도 많고 다른 점도 아주 여럿이다. 제주도는 이 양자를 동시에 누릴 수 있는 장점이 있다.

여기서 제주도를 즐기는 나만의 방식을 소개하는 것은 함께 행복하기를 바라기 때문이다. 극히 개인 방식이므로 뭐라 나무라도 좋고, 또는 참고해도 이용료를 받을 생각은 없다. 제주도를 즐기면서 만족한 시간을 보냈다면 행복한 일이고 서로 감사할 일이다.

제주도는 다양한 모습을 지녔기에 몇 개로 나누어서 얘기해야 좋다. 흔히 처음으로 제주도에 가면, 동서 해변 도로를 기준으로 나누어 관광 일정을 잡는 것이 일반적이다. 남북으로 위치한 제주도 양대 도시인 제주와 서귀포를 기점과 종점으로 삼고 동쪽으로 반 바퀴, 서쪽으로 반 바퀴를 돌면 제주도 일주 관광이다. 동해일주와 서해일주 도로가 있어 이를 이용하면 대중 버스나, 승용차로 일주할 수 있다. 자전거로도 일주 관광이 가능하다. 젊은이들은 이런 관광을 즐기기도 한다. 짧은 일정으로는 동해 쪽으로 하루, 서해 쪽으로 하루를 돌면 이틀 일정으로 제주도 관광을 즐길 수 있다.

처음으로 제주도에 가서 이 일정으로 돌았다. 신혼여행 때 처음으로 제주도를 방문하여 이 방식을 따랐고, 그 뒤에 가족끼리 갔을 때도 역시 이대로 즐겼다. 도로를 따라 돌면서 관심사와 취향에 따라 보고 싶거나 체험하고 싶은 곳을 찾아가면 된다. 이 방식이 가장 일반적이면서 제일 무난한 제주도 즐기기다. 제주도에 처음 왔을 경우에 한 번쯤 선택하는 것은 괜찮다.

제주를 대표하는 한라산을 즐기는 방식을 얘기하자. 한라산은 제주도 중심이고, 전부이다. 제주도는 한라산과 그 주변 산지로 이루어지고 바다로 둘러싸인 섬이다. 제주도 어디서나 맑은 날이면 한라산이 보인다. 한라산은 어디서나 오를 수 있지만, 한라산 중턱이랄 수 있는 성판악에서 오르는 길과 그보다 아래에 위치한 관음사에서 오르는 코스가 있다. 성판악은 제주시와 서귀포시를 관통하는 도로의 제일 높은 곳이다. 관광객이 한라산에 오를 때 주로 많이 이용하는 코스다. 한라산 백록담까지 10킬로미터가 넘는다. 3/4 정도에 '진달래밭 휴게소'가 있는데, 그곳까지는 대체로 평탄한 오르막길이다. 숲속으로 난 길이라서 전망은 없이 끝없이 이어지는 돌길을 지루하게 서너 시간 올라야 한다. 그리고 진달래밭에서 잠시 쉬며 다리를 풀고 다시 한 시간 남짓 오르면 한라산 정상인 백록담을 만난다. 길을 잘 닦아놓아서 등산화가 아닌 운동화로도 충분히 오를 수 있는 코스다. 끈기와 체력만 든든하다면 누구라도 오를 수 있는 산행길이다.

한라산에 오르는 또 다른 코스인 관음사 부근에서 오르는 게 있다. 백록담까지 거리는 성판악 코스보다 1킬로미터 정도 짧다. 성판악에 비해 조금 가파른 곳이 많고 오르락내리락 산길이 이어진다. 거리가 짧은 대신에 코스가 성판악보다 조금 더 어렵다. 그러나 어느 정도 오르면 산을 바라볼 수 있는 전망은 보상이며 덤이다. 관음사 시작점에 접근하는 교통편도 성판악보다 불편하다. 길이 잘 닦여서 운동화로도 가능하지만 이 코스는 등산화를 이용하는 것이 더욱 편안하고 안전하다. 중간에 계곡이 있고, 이곳을 건너는 데 아름답고 튼튼한 다리가 놓여서 편리하고 그곳에서 풍경을 즐기기도 무척 좋다. 성판악 코스는 상당히 밋밋한 길로서 오직 백록담을 오르는 데 치중하는 코스라면, 관음사 코스는 아기자기한 재미와 볼거리를 갖춘 길이다. 오른 코스로 다시 내려올 요량이면 어쩔 수 없겠지만 올라온 곳과 다른 곳을 코스로 잡는다면, 당연히 관음사로 올라서 성판악으로 내려오는 경로를 권하고 싶다. 물론 성판악으로 올라서 관음사로도 내려올 수 있지만, 내려오면서 뒤로 보는 풍경보다 오르면서 쉬엄쉬엄 바라보는 전망이 훨씬 좋고 편하다.

제주도의 새로운 즐길 거리인 올레에 대해 얘기해 보자. 최근에 제주도에서 올레를 즐기려고 찾는 관광객이 상당수 늘었다고 한다. 이 올레로 제주도 걷기 여행 붐은 육지 곳곳에 걷기 좋게 길을 낸 곳이 지역마다 생길 정도로 우리나라 여행 흐름을 바꿔놓기까지 할 정도로 대단한 인기를 끈다. 그만큼 제주도 여행에서 빼놓을 수 없는 즐길 거리가 바로 올레이다. 제주도 자연 환경이 중앙에 산이 있어 산길이 있고, 바다와 면해서 해변에도 여러 길이 많다. 자연스럽게 산촌과 해변 지역 마을 간에 서로 통하는 길이 있었다. 도로 교통 발달로 많이 사라지고 쇠락해 갔는데, 제주도 출신 한 여성의 아이디어와 노력으로 이제는 국제적으로도 널리 알려진 걷기 여행의 명소가 되었다. 그녀가 스페인 '산티아고 순례길'을 체험한 뒤에 생각하게 되었단다. 이 올레는 제주도 전역을 대상으로 20여 개 코스를 개발하였고, 주변 섬까지 확장하였다. 각자 취향과 시간, 체력에 따라 선택해서 걷는 체험 여행을 즐기는 게 좋다.

끝으로 일반적 제주도 즐기기와 다소 거리가 있지만 개인 관심과 여건에 따라 선택하여 즐길 수 있는 것을 몇 개 더 소개해 보자. 바다를 즐기는 일인데, 여름철에 해수욕을 즐기는 것을 포함하여 사철 어느 때나 가능한 것으로 바다낚시가 있다. 일기 변화가 심한 곳이라서 이것을 잘 이용하면 어느 계절이나 바다낚시를 즐길 수 있다. 한라산을 오르는데 그치지 않고, 수백 개가 넘는 이곳저곳 오름을 탐방하는 것도 아주 색다른 즐길 거리이다. 교통편이 그리 좋지는 않고 보호하기 위해 탐방을 제한하는 곳도 여럿이나 개방하는 곳만 오르더라도 무척 즐겁게 체험할 수 있다. 한라산을 오르기가 체력적으로 특히 부담이라면 오름 탐방을 적극 권하고 싶다. 오히려 제주도의 아름다운 들판과 바다 경관을 보려면 한라산을 오르는 것보다 더 낫다.

특별한 준비 과정이 필요한 것으로 승마와 골프가 있다. 제주도 너른 초원에 어울리게 말이 많고 자라기 좋은 곳으로 유명한 것은 널리 알려진 바다. 간단히 승마를 체험하는 것은 특별히 배우지 않고도 가능하지만, 본격 승마는 훈련이 필요해서 잠시 머무르는 것으로는 즐기기 쉽지 않다. 골프 역시 한 번만 즐기기엔 어려운 종목이나, 제주도에는 골프장이 수십 개가 넘으니 골프를 칠 줄 안다면 이곳에서 이를 즐기는 것은 퍽 색다른 체험이 될 게 분명하다.

제주도를 즐기기 위한 몇 개를 소략하게 소개했다. 이것 말고도 얼마든지 다양한 즐길 거리가 제주도에는 많다. 대체로 체험한 것을 중심으로 소개해 보았는데, 제주도를 자주 찾다 보면 이 밖에도 매우 다채로운 즐길 거리가 있다는 것을 알게 된다. 제주도 자연의 지리적 특성상 음식도 종류가 많아서 맛볼 대상으로 부족함이 없고, 여기 저기 관광객을 위한 여러 볼거리와 체험할 수 있는 상품들이 계속 출현하고 있어 제주도는 한두 번만으로는 충분하지 않다. 계속 자주 찾으며 여러 방면으로 즐겨야, 빛에 따라 다양한 여러 빛깔로 반짝이는 물결의 아름다움을 만날 수 있는 것처럼 제대로 제주도를 즐기는 일이 될 성싶다. (2014.1. 주: 2018년 10월에 가보니, 관음사를 왕래하는 정기 버스 노선을 운행한다.)

촛불을 켜다

촛불로 한 해가 지나갔다. 켜놓은 촛불은 새해도 여전히 켜져 있을 거다. 광화문 광장에선 촛불이 꺼지지 않았다. 한 번 켜진 불은 언제까지 켜 있을지 모르겠다. 병신년에 켜졌는데 해를 넘겨 정유년에도 계속 타오를 것만 같다.

광장 촛불은 언제까지 켜 있을 것인가. 희망의 새해가 떠오를 때를 기다리며 촛불을 바라본다. 지난해에 켜지 못한 촛불이니 올해도 광장에서 나는 촛불을 켜지 못할 것이다.

촛불 잔치가 열렸다. 촛불을 켜고 사람들은 노래를 듣고 불렀다. 허공으로 고함을 외치고 행진하며 어둠 속으로 달려갔다. 이태백은 봄밤이 사라지는 것을 아쉬워 불을 밝히고 잔치를 즐기자고 했으나 이들은 차가운 겨울밤에 어서 밝은 날이 오라고 잔치를 벌였다. 너도나도 그 잔치에 참여하여 분

노하고 통탄하며 가슴속에 고인 가래를 마음껏 뱉어냈다.

촛불은 오랫동안 켜있다. 한번 켜진 촛불은 쉬 꺼지지 않는다. 촛불 하나는 금세 꺼질 줄 모르나 여러 촛불은 잘 꺼지지 않는다. 하나의 촛불이 꺼져도 다른 촛불이 계속 켜진다. 꺼지는 촛불보다 켜는 촛불이 많으면 더 밝게 켜질 것이다. 촛불 하나가 다 타도 새로운 촛불이 켜지면 더 오래 불을 밝히고 있으리라.

촛불은 어두울 때 켠다. 촛불은 어둠을 몰아내기 위해 켠다. 어둡고 깊은 밤에 제사를 올리며 불을 밝혔다. 조상신이 밤길 잘 찾아오시라고 환하게 밝혔다. 특별한 날에만 밝히던 촛불이 꺼질 줄 모르고 켜있다. 촛불은 주위 어둠을 몰아내어 세상 암흑에 대항한다. 촛불 하나를 켜면 그만큼 어둠은 물러갈 것이다. 세상의 하고 많은 어둠이 촛불이 무서워 하나둘씩 저편으로 사라질 것이다. 기나긴 동짓달 밤을 몰아내고 찬란한 새 태양을 맞이할 때까지 촛불은 어둠을 몰아쳐 갈 것이다.

촛불 잔치에 가지 않았다. 광장에 촛불이 켜지고 지금도 꺼지지 않고 잔치가 이어지지만 가지 못했다. 촛불 잔치에 갈 수가 없었다. 어둠을 몰아내고 싶지 않은 것은 아니다. 어둠이 없다고 생각하는 것은 더더구나 아니다. 우리 주위에는

147

많은 어둠이 겹겹이 오랜 동안 쌓여서 두께를 모를 만큼 깊다는 것도 잘 안다. 그렇지만 이 암흑을 몰아내려는 촛불 잔치에는 가지 못했다.

예수께서 말하셨다. 바닥에 쓰러진 여인에게 모두가 돌을 던질 때, "죄가 없는 사람만이 돌을 던져라." 나는 돌을 던질 수가 없다. 우리 주위를 덮은 어둠에는 내가 뿌리고 키운 것도 있기 때문이다. 이 땅에 태어나 지금껏 살아오면서 적잖은 어둠의 씨를 뿌리고 펼치며 살아왔다. 지금 어둠에 내 몫이 얼마일지는 모르겠다. 그런 내가 누구에게 돌을 던질 수 있겠는가. 돌을 던지지 못하는 마음인데, 어찌 촛불 잔치에 가서 아무렇지도 않은 듯 불을 밝히고 있겠는가.

홀로 촛불을 켜겠다. 고요하게 마음을 정돈시키고 그동안 살면서 쌓아온 어둠을 몰아내는 촛불을 켜고 싶다. 나만이 알 수 있는 어둠, 나만이 저질러 덮어온 암흑을 새김질하며 촛불을 바라보련다. 이 촛불은 쉬 끌 수 없다. 아마도 죽는 날까지 끄지 못할지도 모른다. 살아가는 일이 죄 아닌 것이 없는데 어찌 한시인들 촛불을 끌 수 있겠는가. 작은 어둠을 살라먹는 촛불 하나만이라도 가슴 깊이 남 모르게 켜 두겠다. (2017.1.)

배낭을 꾸리며

다시 해파랑길에 나서면서 마음에 갈등 파문을 일으킨 것은 배낭이다. 크면 이것저것 담을 게 많아 편리해 좋다. 반면에 며칠 지고 다녀야 하니 힘이 꽤 든다. 산에 가는 경우와 좀 다르다. 하루 이틀 길이 아닌 장기 도보 여행엔 늘 배낭 크기와 무게가 문제다. 길에서 필요한 게 적지 않다 보니 그렇다. 잠까지 자고 나서야 하니 이것저것 담다 보면 배낭이 무거워진다. 등짐보따리가 크면 먼 길을 오래 갈 수 없거나 체력 소모가 커서 다음 날 걸음까지 좌우한다. 무거운 무게를 지탱해야 할 어깨와 다리 관절도 부담이다.

이 상반된 난제를 해결할 길은 없는가. 이솝처럼 현명한 자라면 가볍고 작은 가방을 메는 것이다. 누구라도 이 간단한 이치를 모르지 않는다. 알면서도 쉬 결정하지 못하는 것은 편리함에 아주 익숙한 관성이 발목을 낚아챈다. 작은 불편도 견디지 못하고 참지 못하는 얄팍한 인내심이 배낭 한편에 자리 잡기 때문이다. 이 편해지려는 욕심 배낭을 다스리지 못하면 걷는 동안 내내 또 다른 어려움에 빠진다.

아마 인생길도 이런 욕심 배낭을 줄인다면 한결 편하지 않을까. 물건을 소유하려는 물욕 배낭 역시 마찬가지 일 것이다. 이것을 줄이면 쉽고 편히 인생길을 걸을 수 있다. 신앙을 빌어서라도 소유 배낭을 늘리려는 사람이 많다. 그들은 결코 배낭을 지고 나서는 여행을 하려 하지 않는다. 다소 불편을 감수하면서 작은 가방을 멜 것인가. 힘겹더라도 많은 것을 메고 낑낑 댈 것인가. 세상을 살아가는 우리에게 선택해야 할 갈림길이다.

아파트는 이제 우리나라 대표 주택이 되었다. 전국 어디를 가도 그 위용을 자랑한다. 지방 작은 읍이나 소도시에도 어김없이 우뚝 서 있고, 산 아래나 강가와 바닷가에서도 주택으로서 위치는 확고한 대세다. 해파랑길을 걸으며 지나는 작은 마을도 예외는 아니었다. 낡은 아파트도 적지 않지만 새로 들어서는 주거용 건물은 역시 공동 주택의 하나인 아파트다. 아파트 인기는 편리함인데, 교통이 좋은 곳과 풍광이 좋은 곳, 전망이 어떠냐에 따라 가격 차이가 적지 않다.

아파트를 사는 사람이나 살려고 하는 사람은 그 사용할 넓이에 매우 관심이 크다. 크고 넓은 공간을 차지하려고 하는 이유는 많은 물건을 집안에 소유하고자 하는 마음이다. 처음에 이사하면서 자리 잡은 뒤에는 시간이 흐를수록 빈자리에 물건이 쌓이며 공간 부족을 느끼고, 또 더 넓은 공간을 욕망한다. 살다보면 다른 물건이 점차 차지하고 사람의 사용 공간은 줄어들고 비좁은 공간의 아쉬움을 느끼며 또 넓은 아파트에 살고자 한다. 이 물건과 공간 다툼은 마음을 바꾸지 않는 한 계속될 것이다.

새로운 아파트로 옮겨서 공간이 좁으면 더 큰 공간을 얻는 것이 아주 쉬운 해결책이다. 그렇지 못하면 그러할 미래를 기다리며 현재를 견딘다. 불만스러운 상태로 불편함을 느끼며 산다. 술래잡기 이 싸움은 쉽게 끝나지 않는다. 마음 달래기 전까지 만족할 공간을 차지하기는 평당 가격이 나날이 솟는 이상으로 소득이 오르지 않으면 불가능하다.

계속 이어질 마음의 싸움을 배낭을 싸면서 해결할 길을 찾아낸다. 덜어낼 만큼 가벼운 배낭 지고 길에 나서는 마음을 아파트 소유욕에 옮기는 것이다. 아파트의 한정된 공간에서 덜어내도 될 물건을 빼내는 거다. 마음에 드는 쾌적한 공간이 나올 때까지 물건을 밖으로 들어내는 일. 살다보면 또 필요한 물건이 생긴다. 그럴 때는 새로 차지하는 공간 이상으로 옛것을 들어내어 자리 잡는 만큼 덜어내는 게다. 답은 아파트 평수 늘리는 게 아니라 짐을 줄이는 것이다. 아파트 분양 광고에 나오는 외형 평수에 넘어가지 말고, 스스로 만들어 사용하는 실내 공간 평수에 답이 있다.

아파트 평수와 관계없이 행복하게 살 수 있는 생활의 비결이 이러하지 않을까. 아파트 평수 늘이기 욕구를 잡아내는 것만이 아니라 인생 욕심도 마찬가지 아닐까. 무한한 욕심을 채우기보다 그 욕심 크기를 줄이는 데 행복 비결이 있지 않을까 생각하며 길에 나설 배낭 부피를 줄인다. 이번 길은 전보다 조금 더 가벼운 발길로 대기를 맘껏 맞아들이게 될 것만 같아 문을 나서는 몸이 한결 가볍다. (2018.5.)

5부
동백꽃

혀 깨물다

뱀 혀가 갈라진 채 날름대는 건 늘 섬뜩하다. 아무리 뱀이란 파충류 생물 특수성을 인정해도 혀를 입 밖에 내민 것은 보기 불편하다. 생명체 나름 기능을 발휘하는 걸 괜히 시비하는가 싶기도 하지만, 제 가진 혀를 삼자가 뭐라 하는 것도 그렇고 겉으로 보이는 이미지만으로 뱀을 미워한다는 게 가당한 일인지도 모를 일.

동물 특성에서 연유한 것인지, 인간 눈으로 바라본 징그러운 이미지인지 모르겠지만 성경에서도 뱀을 호감으로 바라보지 않는다. 뱀을 상상한 사촌인 용을 서양과 달리 동양 쪽에서 신령스러운 동물로 보는 차이도 있으나 뱀은 동서양에서 악의 이미지가 일치하는 것은 흥미롭다.

뱀처럼 갈라진 것도 아니고 입 밖으로 날름대지도 않지만

155

나도 혀가 있다. 말하기 위해 주로 사용하는데 요즘엔 가끔 말썽을 일으켜 마음이 아프다. 이따금 혀가 자해해서 문제다. 이로 혀를 깨물어 피가 입안에 고이는 일이 일어난다.

그동안 혀는 탈 없이 제 기능에 충실했다. 입안에서 음식을 섭취하는 데도 작용했지만, 그것보다는 생각을 묻혀서 밖으로 펼쳐내는 일, 말하는 용도로 더 많이 써 왔다. 다른 사람과 달리 혀를 특별히 애용하며 살았다. 혀를 놀리지 않으면 그가 맡는 또 다른 역할인 음식물 섭취에 필요한 식량 마련이 어려웠기 때문.

혀는 나에게 뱀처럼 특별한 생존 무기였다. 혀를 써 말로 밥벌이하며 그간 살아왔다. 신체 어떤 부분보다 혀를 놀려가며 수십 년 생계를 해결했다. 사회에 내딛는 첫발부터 혀를 쓰는 직업이었고, 그것은 지금까지 여전히 견고한 바윗덩이처럼 변치 않았다. 그 뒤로 한 번도 다른 길에 들어서지 않고 있다. 혀를 뽑아내거나 쓰지 못한다면 생존 위험이 바로 닥칠지도 모른다. 그만큼 혀는 생존과 생활에 절대적이다. 뱀이 혀를 놀려 먹잇감을 찾아내 생명을 유지해 가듯 말이다.

그런데 목숨을 유지시켜온 혀가 기능 장애를 간혹 일으켜 애먹인다. 깨문 혀는 보이지 않지만 말하는데 장애를 일으킬 수 있을 거다. 그것도 깨문 것이 아물 만하면 또 깨물게 되니 걱정이 아닐 수 없다. 쓸데없는 관성이 위력을 발휘한다.

주변 혹자는 신체 노화 현상 하나로 위로하거나 누구에게 나 일어나는 보편 문제로 희석시키기도 한다. 나이 들어가는 징조로 여기며 과민하게 생각할 필요가 없다는 식으로 대수 롭지 않게 넘겨 버린다. 그런가 하고 생각을 접으려 해도 그 것만이 아닌 무언가 있지 않을까 하며 나만의 연유가 있을 거 라고 쉬 마음을 놓지 못한다.

골똘히 집중하면 문제 실마리를 찾기 쉽다. 지인 위로만으 로 개운하지 않았는데, 어느 날 그 원인을 찾아내고는 조용 히 입을 다물어 혀를 깊숙이 감추기로 하였다. 혀가 입안에서 보이는 빈도를 낮추고 더 조심스럽게 사용해야겠다고 다짐했 다. 더 이상 혀 깨무는 일을 줄이려면 그런 방법밖에 없다는 것을 깨달았다. 아둔한 관성은 여기서도 예외가 아니다.

혀를 놀려 말하며 살았는데, 그 말이란 게 따지고 보면 진 실하거나 정의롭거나 아름답지 못한 말이 대부분이었다. 거 짓의 말을 하고, 의롭지 못한 말을 하고, 추하거나 욕지거리 말을 더 많이 하고 살아왔다. 남의 가슴을 후벼 파는 말, 남 에게 눈물 흘리게 하는 말, 그동안 혀를 놀리며 그런 말을 더 많이 하고 살아왔다, 돌이켜보자면.

그동안 혀를 잘못 놀리고 살아온 일, 혀로 지은 죄를 벌 받는 셈이다. 오이디푸스가 생모와 혼인한 사실을 알고 스스로 눈알을 뽑아서 죄를 참회하였듯, 스스로 혀를 깨물어 죄를 씻으며 살라는 뜻으로 혀를 깨물도록 한 것은 아닌지 모르겠다. 정녕 혀를 깨물 때마다 함부로 혀를 놀린 죄를 참회하며 조금씩 죗값을 갚아나가는 것은 아닐까. (2018.3.)

퇴짜 맞다

올해 정초에 일어난 일이다. 수필계 지인들과 만나는 자리였다. 요즘엔 사람이 만나 밥 먹고 찻집으로 장소를 옮기는 일이 흔하다. 그날도 우리는 그렇게 했다. 첫 번째 간 아나키스트적 분위기가 물씬한 찻집 문 앞에서 일행은 퇴짜 맞았다. 늙수그레한 대여섯 남녀가 몰려드니 젊은 패들이 대종인 분위기에 물(?) 흐릴까봐 그런지 빈자리가 있는 데도 입장 불가였다.

젊은 시절 어떤 여자한테도 퇴짜 맞은 일이 있었다. 친구 소개로 알게 된 동그란 얼굴에 말간 피부가 빛나던 통통한 여자였다. 엽서를 자주 보내며 두근대는 마음을 전달하려 애를 태웠다. 친구가 귀띔 해줘 지방 직장으로 내려가는 그녀가 탄 기차까지 동승하며 매달려보았으나, 시골 역사에서 날밤을 새우게 하곤 나를 던져버렸다. 타지의 낯선 땅 밤바람에 열기를 식혀 보내기엔 청춘의 피는 너무 뜨거워 아팠다. 그 뒤에도 몇 번 더 여자들에게 유사한 퇴짜를 맛보았다.

그들도 퇴짜 놓았다. 강사 시절에 전임 자리 구하려고 여기 저기 이력서를 들이밀고 다녔다. 서류 심사를 거쳐서 최종 면접까지는 불렀다. 희망을 품에 안고 충청도에도 내려갔고, 부산에도 찾아갔다. 혹시나 이번에는 부를까 기다렸는데, 결국 끝에 이르러 다음 기회에 보자 했다. 수년 동안 반복하여 그런 일을 겪었다. 자주 그러다보니 이력이 날 만큼 길이 들어갔다. 이 길은 가망 없어 보여 그만 단념할까 맘을 추스르다가 지금 직장에서 끝을 보았다. 퇴짜 시절이 저무는가 싶었다.

그런데 아니었다. 수필 문단에 발을 들여놓을 때도 여러 차례 퇴짜 맞았다. 초회 추천은 한 번으로 넘어갔다. 이어진 완료 추천에선 번번이 탈락했다. 생업에 바쁜데 그것에만 매달릴 수 없어 포기했다. 세월이 10여 년 지난 뒤에 다시 얼굴을 들이 밀었다. 반갑지도 않은지 여전히 외면했다. 한두 번도 아니고 연속된 거부에 점차 지쳐갔다. 홀로 짝사랑으로 끝날지도 알 수 없었다. 짝사랑 시작은 달콤했지만 결말은 늘 가슴 아리게 하듯, 그렇게 막을 내릴 뻔했다. 자주 맞던 퇴짜지만 이번에는 그냥 넘어가지 않고 매달렸다. 겨우 문턱을 넘어섰다.

돌이켜보면 을로만 당하며 살았을까. 갑을 관계란 역전 되듯 퇴짜 놓은 적이 있었다. 큰누나 처지로는 매우 고가였을 란도셀 책가방을 한사코 밀어냈다. 서울에 단신으로 올라가 공장에 다니면서 힘겹게 마련했을 설 선물이었다. 그 시절 시오리 넘던 길을 보자기로 책을 둘둘 말아 끼고 학교에 오가던 촌놈에겐 가당치 않은 물건이었다. 또래들이 놀릴까봐 겁을 냈을 터였다. 가출하다시피 집을 뛰쳐나가서 막무가내로 거부하였다. 서울로 이사 와선 아버지가 사온 신상품 삼각팬티에도 고갤 돌렸다. 모처럼 보인 부성애를 단식까지 하며 던져버렸다.

알음으로 만나던 여자에게 퇴짜 놓았다. 그녀와는 입맞춤까지 이어졌고, 집에 가서 부모한테도 인사를 건넨 사이였다. 누이에게도 선을 보였고 동생과 살던 집에도 왔었다. 그런데 어느 날 밤 끝내자는 편지를 써서 보냈다. 어찌어찌 한 번 더 만나서 받았던 만년필 선물까지 돌려주며 마침표를 찍었다. 그녀를 밀어낸 진짜 이유가 무엇이었을까. 당시나 지금이나 분명하고 합리적인 이유는 모르겠다. 서로 인연이 아니었다는 상투적 말로 넘어갈 밖에. 그 뒤에 두어 명 여자에 게도 비슷한 일을 저질렀다.

교수로 살아오면서 여러 번 다양한 방식으로 퇴짜를 놓았다. 휴학원을 들고 온 학생에게 사유가 적절하지 않다고 돌려보냈다. 졸업 논문을 제대로 쓰지 못하였다고 날인하지 않았다. 학자들 논문을 심사하면서 문제가 있다고 학술지 게재 여부에 불가 표시했다. 이곳저곳 이 일 저 일 하면서 그동안 수도 없이 퇴짜를 양산하며 지내왔다. 퇴짜 맞은 사연에 분풀이 하듯 알게 모르게 퇴짜 많이 놓는 일에 더 익숙하게 살아왔다.

그런데 엉겁결에 신년 벽두부터 퇴짜 맞고 보니 새벽 찬바람처럼 선득했지만, 이런 일이 앞으로 한둘씩 더 늘어나지 않을지 모를 일이다. 머지않아 직장에서도 그럴 것이고, 이것저것들로부터 하나둘씩 맞이하게 될 것이다. 산다는 것은 결국 누군가에게 퇴짜 맞고 놓는 연속선상에 놓인 게 아닐까. 이건 어쩌면 인생살이 필수 쿠폰이라 해도 멀리 빗나가지 않을 듯싶다. 모름지기 마지막 퇴짜는 이 세상으로부터 맞는 게 분명할 터. 그것만은 누구도 피할 수 없을 것이지만 이왕이면 아주 늦게 찾아오면 좋겠다. (2016.1.)

모른다

해파랑 32코스 길, 맹방 해변을 걷는데 비바람이 심하게 몰아친다. 봄비가 웬 심술이 났는지 모를 일이다. 한 치 앞이 안 보이고 조심스럽게 발을 내미는데 마치 무어라도 날려 보내야 속이 풀릴 것처럼 사납다. 해안길은 어디서 끝날지 보이지 않으니 그냥 앞만 바라고 무작정 걸을 수밖에 없다. 해변 도로와 백사장 사이에 나무 조각판 길을 내어 맑은 날이라면 바닷바람도 쏘여가며 걷기에 괜찮겠다. 흙길이 좋지만 비바람 치는 오늘엔 이런 길이 그나마 다행이다.

끝날 것 같지 않은 길옆에 마을 쪽으로 안내 리본이 펄렁대니 꿈에 본 님처럼 반갑다. 그리 돌아서자 바로 편의점이 눈에 띈다. 비바람도 잠시 피하고 따스한 음료라도 한 캔 마실 겸 다가서니 안에 불은 켜 있는데 문은 닫혔다. 실망하고 돌아서자 옆에 간이음식점이 붙어있다. '잔치 국수' 글자가 함박 웃으며 눈길 잡아챈다. 문을 밀고 폭우로 젖은 심신을 들이민다. 따끈한 국물과 쫄깃한 면발을 기대하며.

우비 사이로 스며든 빗물에 젖은 발에 양말도 갈아 신고 다시 길에 나선다. 배낭을 메고 나서며 이제 가야 할 지명을 혹시 아느냐고 물었다. 국수로 기운을 보태준 따스함에 던진 말이었다. 갖고 다니면서 종종 확인하는 지도에 나와 있는 곳을 당연히 알 줄 알았다. 그곳에서 오래전부터 장사하고 살았다는데 모르겠다는 대답이 빗줄기 사이로 빠져 나간다. 정말 이상한 일이다. 걸어서 갈만한 곳이니 이곳에서 멀지 않을 터인데 모른다! 외부 사람은 알고 찾는 곳, 이 지역 사람이 모르니 의아하게 생각하며 발걸음 뗀다.

그가 알고 있는 이름과 지도 이름이 달라서 그럴지도 모른다. 처음 가는 곳이니 지도에 나온 대로 물어볼 밖에 없지 않은가. 낯선 곳 지명은 그곳 사람들이 부르는 명칭과 외부인이 아는 공식적 지명이 다른 곳도 적잖다. 아마도 그런 경우일지도 모르겠다. 물어보고 조금 더 확실하게 가고 싶은 경우에 확인 차, 그 지역에 사는 것으로 보이는 사람에게 다가가 알아보면 실망할 때가 더 많다. 열심히 눈을 크게 뜨고 멀리 바라보며 해파랑길 안내 리본을 찾으려 신경망을 최대 출력으로 켜놓는다. 리본이 있어야 할 갈림길 자리에 없으면 사방을 두리번거리며 순식간에 맥 빠진 나그네가 된다.

길에 나서 한 발 한 발 걸어가다 보면 그리 이해 못할 일은 아니라는 생각이 든다. 살고 있는 곳에서 가까운 그곳을 모른다 해도 그는 살아가며 불편한 것을 느껴보지 못했을 것이다. 지금껏 모르고 별 탈 없이 살았으니 새로 알 필요도 없고, 그런 생각도 하지 않을 터. 그냥 그대로 잘 지낼 것인데, 지나가는 길손만 조금 이상하게 보았을 뿐.

누가 나에게 어떤 것을 물어도 모르는 경우가 적잖다. 그의 생각에는 무엇인가 답을 가졌다고 보였기에 확인하려 했을 게다. 그것을 참말 모르기에 그가 궁금한 것을 풀어주지 못한다. 그는 이상하게 생각할 것이다. 자기 주변에 관해 물었는데 모른다니 그럼 누가 안단 말인가 하고 이해하지 못할 표정으로 돌아다본다. 혹은 알면서도 회피하고 말 안한다고 불쾌한 마음이 들지도 모른다. 어쩌면 다시 상대하려는 마음을 새치처럼 확 뽑아버릴 수도 있으리라.

어떤 경우는 나를 더 잘 아는 남이 있다. 아내가 그렇다. 모르고 살았는데 아내가 참고 살다가 할 수 없이 그것을 지적

165

하는 순간에는 깜짝 놀라며 인정할 수밖에 없다. 밤에 자면서 가끔씩 코를 곤다는 지적도 그 중 하나다. 음식을 먹으면서 소리 내어 쩝쩝거린다고 뭐라 말하기도 한다. 이런 것을 하나둘 열거하자면 열 손가락도 모자랄 지경이다. 나도 모르게 그동안 살아온 실제 모습이다. 혼자만 보이지 않았거나 보려고 하지 않았던 것들인데, 그네의 눈에는 다 보인 거다.

이제는 타자 시선으로 자주 돌아봐야 할 때가 되었다. 아니다. 때가 따로 있는 게 아니라, 언제나 그래야 좋겠다. 남 눈에 어떻게 보이는지 거울로라도 확인해 봐야 하는 것처럼. 나도 그렇듯 아내도 그러하고 모든 사람이 그렇지 않을까 싶기도 하지만. (2018.5.)

술 동무

집 앞 골목길로 접어드는 모퉁이에 편의점이 있다. 앞 도로 쪽에는 주택 축대인데 공간이 넓어 승용차를 주차해도 될 만하다. 지나다 보면 그곳에서 모임이 열린다. 자리를 펴고 앉은 노인들 사이로 술병이 서넛, 과자 봉지 한둘 그 위를 차지한다. 늙수그레한 남녀가 시간에 구애 없이 모여서 얘기꽃을 피운다. 가까이에 노인정이 있으니 그곳을 드나드는 단골이 만든 술자리일 게다. 지날 때면 자주 보게 되니 이제는 당연한 낯익은 골목 풍경이다.

노령화 사회에는 이래저래 고독한 노인들로 넘쳐난다. 공원에도 많이 보이고 전철 안에서도 자주 만난다. 사회 어딜 가나 나이 든 사람이 발에 차일 정도다. 신생아는 줄고 수명이 늘어나니 자연스레 만나는 사회 현상일 터. 한두 살 나이가 들어가며 그들과 점차 가까워지니 그런 모습이 더 자주 눈에 띄는지 모를 일이긴 하다. 머잖아 그중 하나가 될 게 자명하니 그럴 것.

어린 시절에는 어울려 뛰놀 수 있는 동무와 함께 자란다. 부모나 형제보다 더 깊은 관계를 맺으며 지낸다. 그때는 고독이 무언지 모른다. 함께 어울릴 수 있는 벗이 있어서다. 인간은 홀로 살기 어려운 사회적 동물이라 인간끼리 어울려 살아야 한다. 가족이 필요하고 얘기를 나눌 누군가 있어야 하는 까닭이다. 어울릴 사람이 없다면 개와 고양이라도 곁에 있어야 하고 심지어 체온을 나눌 수 없는 꽃이라도 눈을 맞춰야 한다.

그런데 나이든 그들에겐 이래저래 벗을 만나기 어렵다. 가까이에 마음을 터놓을 수 있는 동무가 없는 노년에겐 귀한 벗이 따로 있다. 반려견도 반려묘도 반려 식물도 여의치 않은 노년이 찾아낸 것은 액체 상태로 만나는 벗인 술이다. 알려진 바에 의하면 우리나라 술값이 다른 물가에 비해 대체로 싸다고 한다. 구매하기 쉽게 어느 상점에서도 빠지지 않는 주요 상품이다. 저렴한 먹거리 대표가 라면이라면 술도 그에 못지않게 헐한 값이다. 천 원짜리 한두 장이면 비닐 봉투에 담아 들고 어디든 동반할 수 있다.

주머니가 헐렁한 사람에겐 싼 값으로 맞이하는 손쉬운 동무가 술인 셈이다. 인간끼리 교류할 때나 중요한 의식을 치를 때마다 둘 사이 소통을 물처럼 유연하게 맺어주는 고마운 액체가 술이 아닌가. 때론 인류에게 밥보다 효용성이 높은 액체 중 최고가 아닐지도 모른다. 어쩌면 신과 인간이 함께 즐기는 것으로 술을 빼놓을 수 없을 만큼 인간 사회에서 중요한 한 자리를 차지한다고 생각하면 혹 지나칠지도.

술 유래는 인류 역사만큼이나 오래 되었다. 어느 민족 역사에서도 빠지지 않는 술은 그리스 신화의 박카스를 비롯해서 적지 않다. 또한 술과 관련해 전하는 인류 이야기는 이곳저곳에서 넘쳐난다. 특히 문학과 예술에선 술을 빼놓고 존립이 불가하다. 몸 이 구석 저 구석을 돌며 양분과 산소를 전하는 혈액처럼 생존에 필요한 핵심 조건 중에도 그중 윗자리에 앉는다. 당나라 시인 이태백은 주태백으로 불릴 만큼 시와 술은 불가분 궁합으로 작용했다. 그뿐만이 아니라 인류가 치르는 중요한 종교 의식에서도 술은 필수 요소다. 결혼식과 장례식에도 술을 빼고는 진행할 수 없을 정도 아니던가.

술은 이렇게 장점만 있는 게 아니다. 세상만사 빛과 그늘이 서로 안팎을 이루듯 술도 이를 벗어날 묘책은 갖지 못하고 태어났다. 술이 가진 벗어날 길 없는 숙명이다. 지나친 음주를 유도하는 악령이 알콜 분자 뒤에 숨은 것이 술의 비극적 숙명이다. 과음 악마가 일으키는 것은 신체를 넘어서 사회까지 공격한다. 개인에겐 건강을 해치고 사회에선 술로 다양한 사고가 일어난다. 음주 행패나 음주운전은 물론이고, 아예 주폭酒暴으로 불리는 범죄까지도 술의 악령이 점령한다.

술은 노년엔 값을 덜 들이고 가까이 둘 수 있는 좋은 동무다. 빨라져 가는 노령화 사회에 큰 비용을 들이지 않고 고독병을 해결할 진액인 건 환영할 만하다. 물론 과음으로 건강을 손상시키지 않는다면 말이다. 술의 선량한 장점이 아름답게 쓰여 외로운 노후를 잘 어루만지기 바라며 골목길 지난다.
(2018.6.)

해파랑길 11코스

문무왕 수중릉과 감은사가 11코스 핵심이다. 신라를 대표하는 유적으로 동해 바닷가에 있어 관광객이 꽤 많이 찾는 곳이다. 수중릉이라고 부르는 바위가 보이는 해변엔 언제나 관광객이 적지 않게 찾아온다. 그들을 싣고 온 관광버스와 승용차 여럿 우리보다 먼저 와 있다.

때는 점심 무렵이라 아내와 해변가 모래밭에 자리 잡고 배낭을 푼다. 음식이라고 해봐야 출발지에서 사온 김밥과 과일, 숙소에서 담아온 물이 전부다. 관광객이 가는 근처 식당 음식에 견주면 초라하다. 거기다 행색은 등산화를 신고 배낭을 졌으니 그들 화려한 외출복과는 영 어울리지 않는다. 마치 눈앞에 보이는 수중릉처럼 외따로 떨어진 바윗덩이다.

11코스에서 이 둘을 빼고 눈요기로 즐길 만한 특이한 것은 없다. 오른 편으로 걷는 길 따라 바다와 파도는 해파랑길을 걸으며 늘 마주하는 친한 이웃과 같고, 이리저리 이어진 길은 집처럼 편안한 곳, 이미 10코스까지 걸어온 상태라 익숙하다.

해파랑길이 유적지 답사는 아니고, 그저 길 따라 걷는 게 주목적이니, 이 코스라 해서 특히 무엇을 기대하거나 색다른 광경을 마음에 품은 것은 아니다. 하여 다른 길과 차이는 별로 없는 길이다. 지금 걷는 길이 경주권역이어서 찬란했던 신라 문물의 일부를 만나고 있을 뿐.

생각이 꼬리를 이어가며 발길 따라 오더니 이 길에서 만나는 문무왕 수중릉처럼 당신 삶에서 내세울 건 무엇이 있는가 하고 궁금증이 몰려든다. 세상 떠날 때 남겨 놓을 만한 무엇이 그대 인생에도 있는지 성난 물갈퀴처럼 들이민다. 감은사와 수중릉처럼 둘은 아니라도 하나쯤 내세울 게 있느냐고 감은사 석탑에 감겨드는 바람이 달려들고, 바닥에 꽂히는 햇살이 재촉한다.

과연 지나온 인생 핵심은 무엇일까? 쉽게 떠오르지 않는다. 이 세상 작별한 뒤에 남아 있을 흔적, 인생 유산은 무얼까 곰곰이 지난 삶을 헤아려도 딱히 불쑥 솟아오른 아침 태양처럼 확연한 게 없다. 그렇다면 그간 삶의 의미도 모른 채 살아왔단 말인가.

독일 철학자 칸트는 일찍이 지적했다. 예술의 발생 기원은 무목적의 목적성이라고. 예술은 목적이 없는 게 목적이라는 것, 본능적 행위라는 의미, 자연스러우며 순수한 행위라고 덧붙여 풀이할 수 있다.

그렇다. 내가 배낭 메고 터벅터벅 앞에 보이는 길 따라서 걸어가고 있는 것, 특별한 목적을 정하지 않고 걷는다. 하루 걷고 적당한 곳에서 발길 멈추고 잠자리 찾는 것, 허기 채우고 내일 또 걸을 수 있게 쉬는 것, 이 정도가 해파랑길 걸으며 세울 수 있는 목적을 넘어 기대하는 바.

돌아보면 이제껏 살아온 인생은 앞만 바라보며 여기까지 걸어 왔다. 유다른 핵심을 만들거나 목표를 따로 만들지 않고 발길 따라 걷듯이 살았다. 칸트 말처럼 무목적의 목적성으로 살아왔으니 앞으로 그리 걸어가면 되지 않겠나 싶다. 그때서야 감은사 석탑도 온기를 띤 듯 은은한 빛깔로 그윽하게 다가온다. (2017.11.)

엘리베이터에서

나는 짱구다. 그것도 아주 심한 뒤통수 짱구다. 알긴 알았지만 보기 흉한 짱구라는 사실은 얼마 전에 확인했다. 남들은 뒤와 옆을 보면서 처음부터 알았을 터인데, 아직까지 모르고 있다 이제야 분명히 안셈이다. 어찌 이런 일이 있을 수 있는가.

엘리베이터를 혼자 타고 올라가는 중이었다. 그런데 각진 모퉁이 알루미늄 표면과 유리창에 낯익은 듯하나 다소 낯선 모습이 보였다. 그건 바로 나였으나 평소 보아오던 내가 아니었다. 늘 앞만 거울에 비치던 것과 달리 옆모습과 얼핏 뒤 모양새까지 보이는 거였다. 마치 사방 면이 거울인 방에 들어선 듯, 적실的實한 옆과 뒤통수를 보여 주었다. 정말이지 그 전에는 뒤쪽을 본 기억이 거의 없다. 그동안 앞만 보면서 살아왔으니 나 같지 않게 보여 어색하고 이상하기만 했다.

분명한 것은 그 모습이 상당히 실망스러웠다는 점이다. 아니 저렇게 추한 꼴이었단 말인가. 뒤로 툭 튀어나온 짱구에다, 얼굴도 약간 고개를 뒤로 재껴서 위를 보는 기울어진 모양의 나, 참으로 가관이었다. 아니 고개를 돌리고 싶었다. 명색이 교수라고 학생들에게 이래저래 잘난 척 하기도 했고, 그런 식으로 세상에서 뻣뻣이 머리통 치켜들고 살아왔는데 남이 보았을 그 몰골은 정말로 딱한 형상이었다. 악, 하는 신음이 절로 새어나왔다. 다행히 그 공간엔 홀로 있어 그나마 다행이었다.

세상 모두 아는 나를 나만 모르고 있었다는 사실의 우연한 확인은 흘러온 삶의 면면을 돌이켜보게 한다. 꼽아보자면 보기 좋은 모습보다는 대체로 그렇지 않은 게 더 많을 것이다. 괜찮은 것은 그들이 말해주거나 나도 알고 있는 것인데, 나쁜 것은 돌아서서 욕하거나 뒷소리하면서도 알리지 않았을 테니 정녕 나만 모르는 게다. 나만 모르는 안 좋은 나, 그것도 진정 나일 터이지만 자주 남한테 그런 모습을 보이는 것은 결코 유쾌한 세상 분위기에 좋지 않다. 명랑 사회를 위해서도 조금만 보이는 게 어떨지 고민스럽다.

175

젊은 그녀도 그랬을 것이다. 엘리베이터에 타는 걸 보았다. 선글라스 쓴 게 먼저 눈에 띄고, 연한 황토빛 천 원피스를 입은 게 보였다. 먼저 타고 있는 사람이 있어 설까 문을 향해 돌아섰다. 등 뒤 부분이 둥그렇게 반달형으로 파여 목과 등판이 과도하게 드러났다. 시원하고 멋지게 보였다. 앞에는 선글라스 뒤에는 싱싱한 피부 노출로 여름철 멋쟁이 옷차림이다. 파여 드러낸 살갗에 시선이 가 닿는 건 본능. 그러한데, 그녀 피부가 연한 황갈색인 것은 인종이 그러니 그렇다 치자. 그건 속살 일부인데도 고운 결이 아니다. 거기에 거뭇한 점도 여러 개. 그도 한 매력 포인트라 볼 수 있으니 넘어 가자. 여름철이라 그런지 손이 잘 안 닿아 그런지, 뾰루지도 난 듯하고(자세히 들여다보고 만져볼 수 없으니) 거칠어 미용 치료가 필요한 듯한 등짝을 눈앞에 어른대더니 활기 넘치는 당당한 걸음으로 내려 사라졌다.

아마도 그녀가 그런 자기 등 쪽 살갗을 볼 수 있다면 남 눈앞에 들이대고 자신 있게 노출할 수 있을까. 그것을 보고 조언해 줄 사람이 없는 독신녀는 아닐까 하는 생각이 문득 들었다. 그런 것을 알고도 그랬다면 그녀는 자신보다 남을 의식하지 않고 나만 좋으면 되지 무얼 남의 시선에 신경 쓰냐는

주의로 사는 여인이거나, 그쯤은 여름철 여성의 당연한 권리쯤으로 내세우거나, 선글라스를 쓴 걸로 보아 내 눈을 가렸으니 남은 못 보리라 추정했거나, 그쯤은 무시해도 좋은 욜로(yolo, you only live once)족일지도 모른다.

다른 건 모르나 확실한 건 그녀도 자기 뒤를 제대로 보지 못했을 거란 점, 나처럼. 그녀만이 아니라 모든 사람이 그럴 것이다. 뒷모습을 남의 뒤 보듯이 환히 볼 수 있다면 많은 걸 돌아보면서 조심하고 감추고 하며 살리라. 거울은 앞만 보여준다. 엘리베이터에서 나는 얼핏이라도 실상을 보았으니 추한 모습을 알게 되었다. 그것도 갑년 인생을 살아온 지금에 보게 되었으니 다행인가, 불행인가. 불행이라기보다 늦었지만 이제라도 알게 되었으니 다행히 아닐까 생각을 돌려 붙잡는다. 뒷모습을 못 보고 살아온 지난날이야 어쩔 수 없지만, 이제라도 뒤에 신경 쓰며 살 수 있으니 그나마 다행이 아닌지, 그날 엘리베이터 금속면 거울이 고맙기만 하다.

타인이 모르는 내 모습이 아마도 꽤 있을 것이다. 밖에서 보는 짱구 속에 무엇이 들어 있을지 제대로 아는 사람은 역시 없을 테고. 짱구 안에 숨겨 잘 보이지 않는 그 무엇, 끈적끈적 불온한 욕망과 깊이 잠긴 무의식까지 포함한다면 얼마

177

나 많을까? 그것까지도 남이 알게 드러난다면 정녕 부끄럽고 두려운 일. 남 보기에 흉하지 않게 최대한 조심하고, 이제부터라도 잘 감추면서 살아가야 하지 않을까 싶다. (좋은 수필, 2017.10.)

동백꽃

동백꽃 보러 제주도 신흥리 동백마을에 갔다. 너무 늦었는지 제대로 보지 못하고 발길 돌렸다. 필 때가 지나서 꽃을 보지 못했을까. 아쉬운 마음에 동백을 한참 바라보다 말았다. 시간 내서 멀리 왔는데 왜 너는 날 박대하는가 하는 마음을 차 트렁크 구석 자리에 싣고 시동을 켰다.

돌아오면서 애써 동백을 탓하는 마음이 차창으로 어룽거린다. 이대로 가다간 사고라도 날지 몰라서 길가 옆에 차를 몰아놓고 문을 열었다. 애연가라면 이때 한 대쯤 생각이 날지 모르겠다. 서귀포에서 한라산으로 불어오는 바람인지 갯내음 섞인 바람이 콧속을 파고든다. 그게 아니라 푸릇푸릇 신록에서 나오는 아기 나무 몸의 젖내인지도 모르겠다. 바람결이 귓전을 간질이며 속삭인다. 그대 시간에 맞추어 꽃이 피길 바라는 마음만 붙들고 오지 않았는가. 왜 자네 기준으로만 꽃을 보려 하는가.

왜 내 생각만 했을까. 꽃이 때가 되면 지가 알아 피고 질 텐데 말이다. 나만이 그렇게 한 것도 아니다. 일찍이 미당도 선운사에 동백 보러 갔다가 꽃은 일러 못 만나고 주모의 질펀한 육자배기만 듣고 왔다지 않던가. 그도 마찬가지 자기 기준으로 꽃을 보고자 했던 마음에서 그곳에 가 실망했으리라.

꽃의 사정을 배려하는 마음씨가 필요한 게 아닐까, 모든 생물체 생장 기준과 생의 일정은 따로 있다. 그것을 돌보지 않고 인간 기준으로만 보려고 한다. 인간 눈으로만 꽃을 보려고 하고, 그게 지나치면 인공으로 조절까지 마구 한다. 제철 아닌 채소를 먹으려 온실에서 재배하고. 이런 행태는 생태계를 교란하는 사태로 이어지기도 한다. 인간 탐욕이 불러온 일이다.

내 중심 사고를 반성해야겠다. 그들 처지에서 바라보려는 마음을 갖자고 말이다. 우주 섭리 따라 오고 가는 때를 조바심 내지 말 일이다. 초침이 돌아가듯 하진 않아도 해와 달이 뜨고 지듯 변치 않고 자연은 제 길을 간다. 사람만이 욕심에 눈멀어 이를 못 보고 뭐라 한다. 때를 기다리는 겸손을 기르고 인내하는 마음을 길러야겠다.

　세상은 사람만 사는 게 아니다. 타고난 생명체마다 각자 스케줄이 있다. 서로 인정하고 존중하면 평화롭게 어울려 살아갈 수 있다. 커지는 갈등이 줄어들고 피맺힌 다툼이 동백꽃이 툭 떨어지듯 사라진다. 동백꽃 보며 느낄 일이지 싶다. (2018.2.)

사랑은 아무나 하나

누나네 집 마당을 들어서면서 깜짝 놀란다. 진산이가 호기심이 가득한 얼굴로 바라본다. 반갑다는 그의 언어인지 살랑살랑 꼬리까지 흔든다. 진산인 집에서 기르다 누나네로 보낸 진돗개다. 놀라운 눈으로 가까이 가서 자세히 보니 다리가 매우 짧다. 몸체 모양은 애비인 진산을 닮았는데, 다리는 어미인 발바리를 유전한 결과다.

진산일 빼닮은 암컷인데 불리는 이름도 없어 애비를 이어 진순으로 작명하여 세상에 온 걸 축하한다. 누나네 머무르는 며칠 동안 동네를 함께 산책하며 친교를 나눈다. 진돗개 후손답게 호기심이 많아 외출 행보가 아주 바쁘다. 경계심이 많던 발바리 자손이라서 조심성까지 타고 났다. 이곳저곳 바쁘게 탐색하느라 따라 가는 발길 벅차다. 애비는 진돗개요,

어미는 발바리인 진순이가 만나 본지 얼마 안 되어도 정이 도랑물처럼 흘러간다.

발바리는 주인 손도 잘 안타는 자유 부인이었다. 밥은 집에 와 먹고 잠도 자지만 식사와 잠자리를 챙겨주는 주인에게 당연한 인사 예절도 모르고, 접근마저 쉽게 허락하지 않았다. 나름 꽤나 도도한 여인이었다. 나를 보곤 줄행랑을 치거나 멀찍이 지켜보기만 했다. 누나네 머무를 동안 본 것도 얼마 안 된다. 진산일 맡기러 갔을 때도 주위만 뱅뱅 돌고 근처에 오지 않았다. 진산이 집 근처에는 애초 가까이 올 생각도 없는 것처럼 보였다. 둘 사이 체격 차이도 많이 나고, 야성이 꽤 사나운 진돗개 사나이라서 더욱 그랬는지 모르겠다.

얼마 뒤에 놀라운 소식을 들었다. 발바리가 진산일 닮은 새끼 둘, 발바리 세 마리를 낳았단다. 언제 그 둘이 사귀고 새끼까지 낳았는지 주인도 모를 일이라했다. 발바리는 진산이 근처는 무서운 듯 멀리서 맴돌기만 했다고 들었는데 말이다. 참으로 인간으로서는 알 수 없는 개 세상 일이다. 밤 역사인지, 주인이 농사일로 집 비운 사이에 그런 일이 일어났는지 가늠하지 못했지만 일어난 현실을 부정할 어떠한 논리도 땡감나무 접붙이듯 붙일 수는 없었다.

183

그 뒤에 강아지를 안아 보면서 한 마리쯤 가져다 기를까도 생각해 보았지만 진산일 보내야 했던 사정이 바뀌지 않았으니 미련을 두고 와야 했다. 애비인 진산이는 기세가 올랐는지 야성이 발동했는지 그 뒤에 누이를 물어서 개장수한테 넘겼고, 발바리와 새끼들도 하나 둘 다른 주인한테로 보내버렸다. 마지막 한 마리 진순이만 남겨서 기르고 있었다. 짧은 다리만 빼고 나면 착각할 만큼 진산일 빼닮은 진순일 보면 정말이지 유전자의 놀라운 힘을 실감한다. 그야말로 핏줄의 인연이 오묘하기만 하다.

그들은 인간처럼 자유연애로 짝을 구한 셈이다. 서로 짝이 되기 어려운 신체 조건이란 편견을 극복하고 자손까지 남겼다. 인간의 전공인 사랑과 나타난 결과는 별반 다르지 않다. 사람의 펑퍼짐한 상식으로는 알 수 없는 게 유전자 운행의 힘이고 아름다운 사랑 방식이다. 인간이든 짐승이든 암수 문제는 남이 세세한 실상을 알기 어렵다. 제 삼자가 이해하기 어려운 구석이 너무 많다. 이 불가해한 힘이 지구에 사는 모든 생물 번성을 가져오는 섭리 하나가 아닐까 싶다. 사랑은 아무나 하는가 보다.

쇼! 쇼! 쇼!

소년기 때 일이라고 추억한다. 모 TV 방송국 프로 중에 지금도 잊을 수 없는 게 생각난다. 어린 눈에도 무척 재미있게 보았기 때문일 것이다. 후라이보이 곽규석이 사회를 보던 오락 프로. 이름이 '쇼! 쇼! 쇼!'라고 기억한다. 인기 프로여서 상당히 오랜 동안 방영한 것으로 알고 있다. 그 프로그램 명칭이 요즘 문득 자주 떠오른다.

물론 지금은 그보다 더 재미있는 오락 프로가 많다. 또 현시대 감각에 비추면 여러 면에서 부족한 프로일지도 모른다. 주로 당대 인기 가수가 출연하여 대중가요를 불렀다. 거기에 코미디언 구봉서와 둘이서 요즘 말로 하자면 노래 사이사이에 개그 쇼를 펼친 것이 어린 나에겐 그리 재미있을 수가 없었다. 그 프로에서 처음으로 신기하게 들었던 단어 중에는 소매치기라는 말이 아직도 새롭다. 1960년대 말일 것이다. 아직 사춘기에 들기 전 그 말이 아주 깊이 각인 되었던 시절이다.

꼭 그 방송만을 보기 위한 것은 아니었지만, 집에 없는 텔레비전을 보러 한 시간 이상 걸어 친지 집에 갔다. 늦어서 자고 온 적도 여러 번이었다. 토요일에나 갈 수 있었으니 그 프로는 당시 주말 인기 방송물이었을 것이다. 요즘 감각으로는 시시하게 보일 흑백 영상이지만 반세기가 훨씬 지난 지금까지도 기억하는 것을 보면 상당히 인상 깊었던 방송임에 틀림 없다. "쇼! 쇼! 쇼!"라고 세 번이나 강조하여 외치며 시작했던 프로여서인지, 그 소매치기란 말처럼 쇼라는 처음 들어본 말이 강한 충격으로 뇌리에 깊이 각인되었는지 알 수 없지만 하여튼 세세한 것은 망각 강물 따라 사라졌어도 그 프로그램 이름은 이 순간도 생생하다.

쇼는 영어 'show'로 '보이다' '보여주다'가 기본 의미다. 시각을 자극하여 메시지를 인지하게 하는 작용이 본연 기능이다. '보이다'는 타인에게 무엇인가를 시각으로 전달하거나 그걸 매개로 의사소통한다는 말일 것이다. 인간 감각 중에 가장 강하고 보편적인 것이 시각이다. 사람이 살면서 보는 일이 가장 많고 살아있다는 걸 실감케 하는 대표적 감각이다. 때문에 '눈을 감았다'는 죽음을 뜻하는 일반적 표현으로 사용하는 것으로 보아서도 분명하다. 이 본다는 일은 사람이 살아있으며 계속 살아간다는 뜻으로 읽어도 좋겠다.

인간 문명을 대표하는 상징 기호인 문자 역시 시각에 작용하는 언어이다. 청각 언어인 말보다 강하고 지속적이며 영향력이 더욱 크다. 모든 중요한 것을 문자로 기록하여 전승하고 확인하는 것을 보아서, 현실 삶에서 말보다 더욱 신뢰가 큰 것으로 인정한다. 사람살이에서는 무언가 시각에 의존하는 것이 확실하고 믿음이 큰 것은 문자 발명 이후에 인류 문화의 굳건한 뼈대가 아닐 수 없다.

그런데 촛불 정부가 들어선 뒤로 이 쇼를 너무 자주 보게 되니 본질적 의미에 의문이 들기 시작했다. 일부 야당에서 현정부를 비판하면서 하는 말 중엔 국민과 진정한 소통은 없고 '쇼통'만 있다고 주장한다. 처음엔 의아했으나 그 말을 들은 뒤로 정말로 그러하다는 생각을 지울 수 없다. 전임 정부는 백성과 소통하지 않고 독선적 운영으로 문제가 많았다는 비판이 많은 국민의 공감을 얻었다. 이러한 문제를 잘 아는 새로운 정부는 제대로 시정하리라고 기대를 품고 지켜보았다.

'미투' 파동이 각계각층에 일면서 청와대 어느 직원이 문제가 된 적이 있었다. 그는 이른바 쇼를 잘하는 사람, 달리 말해서 이벤트 전문가로 알려진 바 있다. 상식으로 보면 그의 과거 저술에는 공직을 담당하기에는 상당히 많은 문제가 있어 보였다. 그런데 그는 여전히 청와대에서 활약 중이다. 우리 예술단 북한 공연에서도 주도적 역할을 한 것으로 보도하여 알았다. 최근에 일어난 그야말로 역사적 남북 회담 역시 텔레비전 화면에서 여러 화려한 장면을 연출하였다. 아마도 그의 역할이 컸을 것이고 십분 능력을 발휘했을 거라고 추정한다. 왜 문제가 적지 않은 사람이 아직도 핵심 역할을 맡고 있는지는 바로 이 정부가 쇼를 잘하는 정부이고, 그것을 위해 쇼 전문가가 반드시 필요하겠다는 반증이 아닐 텐가.

노래 부르는 가수만이 쇼를 하는 것은 아니다. 정치도 쇼를 벌이면서 연명한다. 정치는 확실히 쇼를 주식主食으로 살아간다. 정치인의 화려한 언변과 기발한 행실만으로 그들의 감춰진 생각 내장을 모두 들여다 볼 수 없다. 정체를 파악할 수 있는 청진기는 국민이 구해볼 수 없고 그들 패거리만이 독점한다. 겉으로 보이는 면만 보고서 유권자는 판단하고 선거 때 표를 준다. 그 내막을 알 수 있는 자료는 무척 한정적이다. 겉에 보이는 그 쇼만 보고 판단할 수밖에 없는 게 현실이다. 우리만 그런 게 아니다. 미국 현 대통령도 역대 어느 사람보다 쇼맨십이 강하다. 어쩌면 그걸로 대통령 자리에 올랐고 현재도 높은 인기를 얻고 또 유지하기 위해 끊임없이 쇼맨십을 발휘하는 중이다.

쇼는 무대 위에서는 무척 화려하고 휘황하다. 번쩍이는 조명이 찬연하고, 시각을 자극하는 유혹적 무대 의상이 관객 시각을 마비시킨다. 고도로 발달한 마이크 설비와 음향 장치는 그들 목소리가 천상에서 들려오는 듯 황홀하게 다가온다. 쇼가 벌어지는 무대는 아름다움과 환희와 축복과 선정만이 그득하고, 현실의 피로한 아픔과 남루한 삶이 드러날 자리는 없다. "쇼처럼 즐거운 인생은 없다"는 말이 결코 무대 위에서는 거짓이 아니다. 무대가 막을 내리고 나면 천으로 가려졌던 막 뒤 현실과 그들은 결코 보이지(show) 않고 사라진다. 관중은 무대 위에서 펼쳐진 환상만을 소중하게 들고 최면당한 채 자리를 뜬다.

'불립문자'란 말이 있다. 문자라는 보이는 기호로는 결코 진실을 정확하게 드러낼 수 없다는 말이다. 진정성은 말이나 글로 드러나지 않는 그 무엇이란 얘기일 것이다. 정치인의 화사한 언사 뒤에서 추악한 거래가 이루어지고, 정치인 쇼로 백성을 속이면서 그들은 끼리끼리 야바위꾼이 되어 서로 협잡하고 음모를 꾸미며 권력욕을 충족하기에만 충실하다. 무대 뒤에서 그들이 어떤 행실을 보이는지 알리지 않고, 무대 쇼만 보고서 그 커튼 뒤를 보려고 하지 않고 우리는 바삐 귀가하기 때문일 것이다. 그들은 음험한 미소를 품고 다음 쇼 무대를 준비하느라 분주할 테고.

둘러보면 살아가는 일도 쇼가 아닌가. 너도 나도 무언가 상대에게 진실보다 외형 겉보기만을 꾸미고 보여주려고 애쓰지 않았던가. 인생과 마찬가지로 그 체험을 바탕으로 요리해 내는 문학도 일면 쇼다. 언어 특히 문자야말로 보여주기가 정체니 쇼일 수밖에. 인생도 문학도 표현 전달 방식이나 그 외형에 치우치면 진실은 숨기 마련이다. 진실을 찾아내기란 한강에서 사금을 채취해 금덩이 만들기보다 한 꺼풀 더 어려운지도 모르겠다.

정치도 인생도 문학도 쇼로 드러나지 않는 것과 쇼로 드러낼 수 없는 것 사이에 진실은 숨어 있을 것이다. 세상의 참은 쇼 너머 어딘가 있건만 우리는 이 시대 쇼맨인 트럼프와 시진핑, 김정은과 문재인을 멋지게 바라보고 있지 않은가. 언젠가 끝날 그들 쇼의 휘황한 막이 내리고 나면 커튼으로 가려졌던 무대 뒤 진실도 얼마간 드러나리라. 그 참은 역사의 단두대에서 밝혀지겠지만. (2018.5.)

6부
해파랑길

한치 앞

해파랑길 35코스가 끝난 정동진 역 앞에서 한참 헤맨다. 찾는 것이 안 보인다. 한 코스 끝나고 새로운 코스를 시작할 때는 안내도가 있고 그 옆에 스탬프 함이 있다. 노란 머리에 초록색 몸통 새가 살며 손님이 올 때마다 방긋 웃으며 문을 열어 주는 목조 작은집, 그 안에 새 길 시작을 알리는 확인 도장이 있다. 그것을 준비한 종이 위에 찍어야 코스를 완보_{完步}한 확인 증표가 된다.

이 목조 새집을 찾아야 하는데 안 보인다. 스마트폰을 꺼내서 코스 지도를 살펴도 분명 근처에 있어야 하는데 없다. 대부분 길 안내 리본을 찾아 따라가다 보면 그것이 눈에 띈다. 이 길도 리본을 찾아 따라 왔고, 새로운 코스를 알려주는 표지까지 보았어도 정작 찾는 게 사라졌다. 36코스는 괘방산을 오르는 코스라서 산으로 올라가면 만날 수 없을 것 같고, 길이 시작하기 전, 아니 종전 코스가 끝나는 지점에 있어야만 한다. 자유로운 새 마냥 어디로 날아갔단 말인가. 얄미운 새가 기다리다 지쳐서 떠났나 보다. 보고픈 마음 매정하게 거두어 품고.

온 곳을 지나쳐 왔는지 다시 돌아가 세밀하게 둘러보며 찾아도 보이지 않는다. 정동진 역 앞에서 무언가 찾는 나를 보고 친절을 베푼 그곳 노인한테 물어봐도 모르겠다 하고, 다시 온 길을 되돌아가 해변 이동 음식점 여인에게 알아보고 방향을 찾아가도 원하는 것은 증발했나 보다. 어찌할까 하다가 정동진 역사 안으로 들어가 매표하는 여직원에게 물어도 반응이 신통치 않다. 해파랑길 35코스가 끝나서 스탬프 찍는 곳이 어디냐고 물었다. 코스를 숫자로 물으면 모른다고 하더니, 길거리에서 산 아랜가로 옮겼다는 말을 들은 것 같다며 약간 자신 없이 애매한 표정이다. 돕고 싶지만 그렇지 못해 안타까워하는 마음만을 고맙게 읽으며 역사를 나선다.

이제는 스탬프 확인을 포기하고 새 코스로 가자고 작정한다. 아까 왔다가 돌아섰던 곳, 새로운 길이 이어지는 곳에서 시선을 들어 산길 오르는 곳을 보자, 작은 집 주인이 어서 오시라고 인사를 하듯 그곳에 오롯이 자리 잡고 있다. 아까도 그대를 보았는데 들리지 않고 바삐 어디 가시더니 이제야 오셨냐고, 예쁜 집 주인이 반가운 얼굴로 고개를 빠끔히 내밀고 인사한다. 세상에, 아까 한 번만 눈길 모아 주위를 둘러보았으면 되었을 일을! 새 코스가 시작되는 산 길 초입이니 여기는 아니라고 시선을 한 번 더 들지 않고 바로 뒷걸음 쳐서 보지 못했구나. 등잔 밑이 어둡다더니 정말로 그랬었구나! 탄식이 지친 몸 입술 사이로 흔들대며 밀려 나온다.

나중에 찾고 보니 바로 여기였는데, 전에 왔던 곳임을 알자 허탈과 함께 경솔한 판단과 성급한 행동이 부끄럽게 다가온다. 부끄러움 냉큼 뽑아서 정동진 앞에 널찍하니 펼쳐진 파도 속에 내팽겨 치고 싶기만 하다. 정동진 해시계 공원에는 휴일이라 관광객이 많이 몰려 있고, 정동진 역까지 오는 길에도 적잖은 인파로 붐볐다. 배낭 지고 그들 속에 섞여 걷는 것이 오히려 낯설게만 느껴지던 길에서도 아침부터 걸었지만 피곤을 크게 느끼지 않고 힘차게 걸었는데, 태풍에 몰아치는 피곤의 파도가 전신에 물밀 듯 밀려든다.

여기저기 돌다가 시간을 허비한 꼴이 여태껏 살아온 인생살이와 비슷하다. 조금만 생각과 관점을 돌리면 해결할 것을 놓치고 가슴 아파한 일이 한둘이 아니었다. 적잖은 돈을 들이고 시간까지 덤터기로 바치고서야 뒤늦게 깨달은 일도 한 무더기다. 왜 길에 나서서 걸으면서도 여전히 일을 어렵게만 풀어 가는지 정말 모르겠다. 잠시만 더 찬찬히 주위를 돌아보았으면, 성급하게 결정하지 않고 한 번 더 챙겨보았더라면, 이 어리석은 행태를 언제쯤이면 걷어낼 수 있을까. 괘방산을 오르며 36코스 해파랑길을 걷는 내내 무겁게 발에 달라붙는다. (2018.5.)

우연과 필연

  수필가 이름을 얻은 지 얼마 되지 않은 풋내기다. 한 십년은 어느 분야든 종사해야 비로소 그 세계에 녹아든 꾼의 자격을 가졌다 할 것이다. 옛말에도 십년 공부 나무아미타불을 들먹인 거로 보아서 엇나간 건 아니지 싶다. 수필가로 행세하기가 조심스러운데 돌아보면 이 길에 들어서게 된 동기가 우연만은 아닌 필연의 조화속인지 모르겠다.

  난대蘭臺 이응백 선생과 만남이 첫 계기다. 지금은 고인이시지만 90년대 중반 경 그분은 수필계와 국학계에서 정력적으로 활동하셨다. 《에세이문학》으로 개명하기 전 《수필공원》 발행인으로 마포구 서교동에서 잡지를 낼 때였다. 지금 자리한 종로구 봉익동 단독 공간을 갖기 전에는 난대 선생 대학 제자인 한샘출판사 서한샘 씨가 내어준 사무실을 사용할 때였다.

대학 강사 시절에 출판 일로 그분을 만나러 서교동 사무실로 갔을 때 두 가지를 말씀하셨다. 하나는 수필 원고를 달라는 것과 잡지를 정기 구독해 달라는 것, 당시 모두 마음에 와 닿는 말씀이 아니었다. 시를 학문으로 연구하던 시절이라 수필이 눈에 들어올 리 없었고, 강사 시절이라 잡지를 정기 구독할 만큼 심적 경제가 허락하지 않았다.

두 가지 말씀 중에 하나는 얼마 뒤에 따를 수 있게 되었다. 정기구독은 97년 봄호부터 지금껏 이어오고 있다. 정규 직장을 얻어서 금전적 문제도 얼마간 해결하였고, 그때 난대 선생님께 약속했던 일도 지킬 수 있어서 한 때나마 편안했다. 아마도 정기구독을 하지 않았다면 수필가의 길로 들어서는 일도 없었을 것이다. 수필을 쓰지 않게 되었다면 퇴직 후 삶도 물맛처럼 꽤 밋밋한 생활을 이어갔을 게다.

《수필공원》 잡지 제호가 얼마 뒤에 《에세이문학》으로 바뀌었고, 서교동 사무실도 지금 자리로 옮겨왔다. 그 언저리에 난대 선생도 잡지 발행 일을 그만두고 다른 분이 이어갔다. 뒤에도 학계에서 이런저런 일로 그분을 가끔 뵈었지만 수필과 관련한 얘기를 주고받은 기억은 없다. 아마도 그때 하신 수필 관련 말씀을 잊었을 테고, 나도 별 관심을 기울이지 않았으리라.

어렵게 얻은 직장에 적응하기 위하여 심신을 과도하게 놀리다 보니 몇 해가 금세 흘러갔다. 《에세이문학》 잡지는 때가 되면 어김없이 왔지만, 봉투를 뜯어서 흘깃 살피고 서가 한편에 밀어둔 채 다시 본업에 매달렸다. 다음 잡지가 오면 같은 방식으로 세월만 제 길 따라 흘러갔다. 수필은 그때 늘 곁에 있으되 숟가락 갈 일 별로 없는 식탁 구석 간장 종지가 아니었을까 모르겠다.

어쩌다 《에세이문학》이 오는 날은 간혹 수필계 소식란과 화보, 작가 주소록 정도(당시는 개인 정보란 개념이 없던 때로 부록으로 실렸다.)를 가끔 보고, 잡지에 실린 작품을 읽는 경우는 거의 없었다. 한가하면 가끔 한두 편 읽는 둥 마는 둥 하다가 다시 서가 한 귀퉁이로 일찍 보냈다. 그런 한 편에도 언젠가는 잡지에 이름을 올리게 되리라는 막연하지만 예감은 감자 싹 움트듯 자라고 있었다. 해와 달은 변함없이 본연의 임무에 충실해도 개가 닭 쳐다보듯 무심히 바라보고 살며 한해 두해가 또 인생 강 너머로 스르르 흘러갔다.

21세기로 패러다임 변환이 이루어진지 얼마 뒤에 그야말로 우연하게 직장과 집일을 묶어 원고지에 또박또박 담아 잡지사로 보냈다. 종이 원고지에 직접 펜으로 써 편지 봉투에 담아 우송하던 때였다. 첫 투고에 덜컥 초회 추천을 받았다. 어라, 이 봐라 하면서 욕심 핸들을 급히 잡고 연이어 서너 번 완료 추천을 받으려고 보냈지만 다시 이름이 오르지 못했다. 그리곤 본래 일상에 쫓겨 들어가 수필 잡지만 받아보면서 해와 달은 예전처럼 뜨고 졌다. 완료 추천 글을 쓰려고 붓을 잡은 것은 꽤 시간이 흐른 뒤였다. 마치 운전면허 시험 첫날에 마지막 코스 시험에서 떨어지더니 그 다음에는 거기도 못가고 연속으로 떨어지던 때가 생각났다. 운전면허증을 받기까지 대략 예상했던 시간보다 꽤 많이 늦어졌다. 그 과정에서 연습량이 많아져 별도 운전 연수를 받지 않고도 차를 몰게 된 실익을 얻게 된 것이 자극제였다.

한동안 서랍 속에서 잠자던 수필 창작 욕구가 우연하게 다가 왔다. 인생이 필연과 우연의 줄다리기 시합처럼 오락가락 실랑이를 하듯 말이다. 난대 선생님도 우연과 필연의 엇갈림으로 만났듯 수필도 동일한 궤적을 그리며 다가왔다. 또 여러 번 탈락하며 힘겨운 등단 문을 넘어섰다. 운전면허증을 손에 넣기까지 남보다 많은 시간을 투여했던 것처럼 수필가로 입문하는데도 퍽 적잖은 시간이 걸렸다. 습작기 수련을 오래 하고 이름을 올린 덕분에, 큰 사고 안 내고 운전하듯, 이나마 글도 쓰게 된 건지 모를 일이다.

난대 선생과 수필을 만난 게 어언 20여 년 세월이 흘렀다. 그 사이 그분은 먼 세상으로 가셨고, 잡지명도 사무실 자리도 달라졌다. 수필계 입문 권유를 받던 소생도 이름을 올려 가며 글을 쓰게 변했다. 글을 쓰면서 인생살이 사유 공간이 조금 여유로워졌고, 마음의 감성 역시 부드러워졌다. 걸어가는 삶의 미래 전망과 의미도 한 뼘 더 깊어지고 두툼해져 간다. 모든 것이 《에세이문학》과 우연한 만남에서 맺은 필연의 결과 아닐까. (2018.6.)

부창부수

　지하철 승객 칸 안에서 행상을 간혹 만난다. 역사 출입구 근처 이동 공간이나 승차 대 가까이에서도 좌판을 벌인다. 단속 눈을 피하느라 가을철 논 메뚜기처럼 옮겨 다니며 손님을 찾는다. 아주 사소한 일용품이거나 난초 따위 화초도 있고, 더덕 다듬은 것과 김밥이나 인절미 떡 같은 먹거리도 있고, 장갑과 머플러 신발까지 꽤 품목이 다양해서 눈길을 붙잡는다.

　인가받은 정식 상점을 차리고 환승 통로나 역 구내에서 영업하는 상인까지 지하 공간에는 자잘한 생활 물품 거래가 활발하다. 출퇴근과 외출 길에 바쁘게 오가는 사람의 물욕 눈길을 끌기에 충분하다. 이들 물건의 공통 특징은 품질 면에선 알 수 없지만 다른 곳 상품에 비해 비교적 염가란 점이다.

값 싸고 물건 질까지도 좋다면 금상첨화겠지만 이걸 기대하기는 난망한 일인 줄 안다. 눈요기 구매욕 자극부터 가벼운 주머니를 노리는 게 상술 요령이라서 넘친 기대는 길표 상품 담는 검은 비닐봉지에 어울리지 않는다.

눈에 띄어서 잠시 쓸 목적으로 한 두어 번 물건을 사보기도 했다. 순간 물욕으로 들고 오긴 했지만 잘한 선택으로 남은 기억은 드물다. 간절히 필요해서 산 게 아니라 잠시 눈길과 견물생심의 잠재 물욕이 합작해서 공동 발동한 것이라 그럴 것이다. 물귀신이 잡아챈 듯 선택도 반의지적인 데다가 어딘가 목적지로 시간 맞춰 가던 길이라 꼼꼼하게 품질을 따져볼 짬도 충분하지 않으니 결과는 예상 문제처럼 미리 작성한 답이 나온다. 집에 들어 와선 어딘가 구석에 바퀴벌레 숨어들어가듯 스스로 자리한 채 침묵하고 있을 것이다.

올라탄 열차 칸 좌석 둘러보고 빈자리에 앉자 캐리어를 밀고 늙수그레한 사람이 행상을 시작한다. 많이 보던 풍경이라 무심히 건너다보자 그가 가방을 열고 손에 들고 내놓은 물건은 만능 접착제다. 얼마나 성능이 특별히 좋은 지 접착 과정까지 시연한다. 돌과 나무막대를 붙이기도 하고, 유리 조각과 천을 내놓기도 한다. 이미 붙여 놓은 것도 하나씩 보여

준다. 하나 사는 것보다 두 개가 값이 헐하다고 상대적 저렴함으로 지갑 인내심을 찔러댄다. 하나 살까 말까 망설이는데 맞은 편 구석에 앉은 아줌마가 기세 좋게 두 개 달라고 장사꾼을 부른다. 망설이던 마음을 주머니 깊숙이 찔러 넣고 대신 지갑 안에서 눈치 보던 화폐의 외출을 허락한다. 세상 구경에 신이나 지갑이 저절로 입을 벌리고 헤픈 웃음을 짓는다. 지갑의 적극 협조에 한 개 저고리 주머니로 고갯 들이미는 걸 묵인한다. 그래선가 몇 군데서 그 상인을 불러댄다.

한 번 더 둘러보고 주문자를 찾다 그 이상 안 보이자 캐리어를 밀고 다음 칸으로 넘어간다. 처음에 그를 불러 두 개를 산 아주머니도 부리나케 일어나 다음 칸으로 따라간다. 짐작컨대 그녀는 그와 한 짝으로 장사하는 부부일시 분명하다. 그보다 먼저 자리에 앉아서 손님인척 가장하며 판매를 유도한다. 변칙적 호객 행위라 할까, 고도 상술이라고 할까. 아마도 그녀는 한 칸 지나서 먼저 자리를 잡을 것이다. 그러면 그걸 기다려 그가 넘어가서 또 다른 판을 벌여 나갈 것이다.

지하철 행상 부창부수라 일컬을 만하다. 부부가 합심하여 세파를 넘어가는 장면이라 보면 아름다운 일이다. 구매자 입장에서는 왠지 씁쓸한 뒷맛이 덤으로 상의 안쪽에 달라붙는다. 부부 장사꾼에게 넘어간 것인지 필요에 의한 것인지 분간하기 어려워 접착제를 꺼내 설명서를 읽어본다. 내릴 때 주머니 안 새 식구 접착제 부피를 확인하면서 마음을 고쳐먹기로 한다. 그들만의 장사 술수이지만 어찌 되었든 부창부수는 좋은 일 아니냐고. (2018.6.)

치마는 어떨지

지금은 누가 뭐라 해도 여성 상위 시대다. 단언하기 좀 그렇다면 대세가 이렇다는 말로 수정해보자. 얼마 전 스페인에선 여성 각료가 남성 숫자를 넘어서 국제적으로 화제가 되기도 했다. 여자 목소리가 전에 비해 꽤 커지거나 많아지고 활동 영역도 가정을 넘어 각계로 활발하게 개척 중이다. 아니 터를 잡고 넓혀가고 있다. 이점은 개인과 가정을 넘어 일반 사회와 국가 전 부문을 거미줄처럼 촘촘하게 짜가고 있다.

여성의 세상 전반 활동 범위가 늘어가면서 눈에 띄는 외적 변화는 바지가 여인 의상을 점령한 점이다. 바지는 외향성에 맞는 옷이고 활동하기 적합한 형태를 대표한다. 대부분 전투복과 사냥복이 바지인 게 이를 부인할 수 없는 증거다. 고대 로마 시대에는 콜로세움의 검투사와 롬바르드 평원의 전사도 스커트를 입고 싸웠다. 드러난 활동성으로만 보아서는 치마도 바지 못잖았다는 실례일 수 있다. 실상이 그러하지만 실제 스커트는 신체 보호에는 바지만 못한 것도 사실이다. 다리를 벌리는 활동을 하면 그 안이 노출되는 위험성이 스커트 약점이다. 하체용 전투복이 시대가 변하면서 바지로 바뀐 필연적 이유는 아닐는지 모를 일이다.

바지가 넘실대는 것은 오늘날 사회 모든 영역에서 여성 침투와 영역 확장이 진행 중인 시각적 증좌일 것이다. 어디서나 여성성을 강조하는 경우는 스커트를 필수 장치인 듯 빠지지 않고 착용한다. 어떤 결혼식에서건 신부 드레스는 바로 스커트의 고유한 본질 기능이 무엇인지 언제라도 보여준다. 신부 예식 정복인 치마 차림과 신랑 바지는 남녀 성적 외면 이미지를 드러내는 데 거의 세계적이지 않은가 한다. 바지를 입은 신부는 과문한지 몰라도 본적이 없으니, 여성의 대표 상징 복장이 치마라는 것은 틀림없는 사실이 아닐까.

여성은 여성성 징표인 치마를 입을 수도 있고, 사회 활동복인 바지까지 입는다. 서로 본질 기능이 다른 두 의복 장점을 장착한 채 사회 전투 활동에 참전한다. 이는 전투에서 유용한 두 개 무기로 싸우는 것과 같이 유리한 고지를 선점한 경

209

우이다. 바지와 치마란 이중 무기로 바지만을 집중 공격한다면, 오직 바지 무기 하나뿐인 남성이 사회 전투에서 승리할 경우는 흔치 않을 것이다.

이 시대 조류와 외형 변화가 의복에서도 일어난다면 이에 맞추어 조화롭게 대처하는 것이 합리적이지 않을까. 인류 사회를 오랜 동안 독점하며 살아온 현대 남자도 이젠 절대적으로 불리한 형국에 놓였다. 이에 대응할 필요가 있지 않겠는가. 이왕 사회에서 남녀의 공정한 경쟁이 불가피하다면 동일한 조건에서 판을 벌려야 하는 것은 도박판이나 스포츠 경쟁판이나 동등한 원칙이 아닐 수 없잖은가. 새로운 시대 변화에 순응하여 남녀가 조화롭게 사는 것을 합당하게 여긴다면 여자가 바지 입듯 남자도 치마를 둘러 대응해야 하지 않겠는가.

실상 남자도 오래전부터 치마를 입어 왔다. 모든 옷은 치마로부터 연원하여 분리 발달하여 왔다 해도 크게 어긋나지 않는다. 그러하다면 근본으로 돌아갈 필요성도 있다는 얘기다. 미개 원시 부족 옷은 천으로 몸을 가리는 기능은 같지만 길이와 천에 따라 형태가 다른 치마였다. 옷의 본질 기능은 외부 위험으로부터 신체를 보호하고 타인의 불편한 시선을 방지하는 데 있다. 피부를 보호하는 기능이 다른 동물보다 약한 인간이 몸 아닌 다른 물질을 이용하여 사용한 것이 의복이다. 의복 재료와 제조 기술이 발달하면서 활동하기 편하도록 팔다리에 맞게 수정하여 왔다. 특히 이동성 활동이 편리하게 두 다리를 분리하여 의복을 만든 것이 바지요, 원시 형태를 그대로 유지한 것이 치마다.

지금도 예전 그 흔적들이 남은 것을 보기는 어렵지 않다. 남녀 통용 복장인 치마 형태엔 중국 치파오旗袍가 있고 우리 두루마기도 있다. 서양 망토는 소매 없이 어깨 위로 둘러 입는 상의요, 불교나 기독교 사제 의례복도 여전히 이를 사용하고 있고, 대학교 졸업식에서 보는 학위 복도 그러하다. 이렇게 보자면 몸에 천을 둘러 의복으로 삼는 것은 오랜 인류 전통이라 할 만하다. 치마 역사와 실상이 이러하니 현대사회에서도 이를 남자가 유용하게 쓴다면 좋지 않겠는가.

사회에서 남자도 치마를 입어보는 게 어떨지 제안한다. 오래전 어느 방송에서 치마만 입고 다니는 젊은 남자가 특이하여 화제를 삼은 걸 본 적이 있다. 그가 왜 치마만을 입고 사는지 자세한 기억은 없지만 상당히 도전적이어서 눈여겨 보기도 했다. 이를 바라보는 사회 시선은 호의적이지 않았지만 시도 자체가 아예 없는 것은 아니다. 세상 모든 편견이나 고

211

정 관념은 문제적이니 남녀 의복에서도 이젠 벗어나야 하지 않겠는가.

　바지와 치마는 신체의 지방 저장소인 두 개 고체덩이 궁둥이를 가리고 외부 충격으로부터 보호하는 기본 기능면에선 동일하다. 두 다리의 활발한 이동 편차가 사람마다 의복마다 있지만 평보 경우엔 차이가 거의 드러나지 않는다. 기본 기능에서 동일한 것이 치마와 바지라면 비상시가 아닌 경우에는 남녀 누구라도 치마와 바지를 착용하는 것에 편견을 거둘 때가 되지 않았을까. 오래 전 여자가 바지를 입은 것에 불편한 시선을 보낸 적이 있었듯이 남자의 치마 착용에도 그런 시선이 따라올 게 분명하긴 하지만.

　바지는 측면과 후면에 시선을 모아준다. 신체의 굴곡과 도드라진 입체 윤곽이 치마를 넘어선다. 치마 전면과 하부 유연성과 넉넉함은 바지가 따라올 수 없다. 치마는 나름 기능과 외면의 장점이 있고, 바지는 상대적으로 몸의 탄력성과 근육 충만성이 속성이자 장점이다. 남녀가 서로 어울려 한 세상 살아야 하듯, 치마와 바지 또한 남녀 차이를 넘어서 상호 조화롭게 의복 편견을 넘어서도 좋지 않을까. (2018.6.)

두 환자

살아가려면 직업이 있어야 하고, 그 수는 셀 수 없이 많다. 각자 일에 종사하다 때가 되면 떠나야 하는데, 그들은 문을 나서면서 하나씩 반갑지 않은 선물을 떠안기 마련이다. 그 일에 다년간 종사하면서 자연스레 관성화慣性化 된 것, 대체 본인은 잘 모르지만 타인은 금세 알아차리는, 이른바 직업병을 훈장처럼 달고 나온다.

아내도 직업병 환자다. 20여 년 넘게 초등학교 교사로 일하다 얼마 전 퇴직했다. 자연스레 교사 직업병을 안고 돌아왔다. 결혼 한 뒤 얼마 지나지 않아 그 사람 성격인지 모를 여러 이상한 증상에 대해 의문을 품었다. 다소 미약하던 여러 징후는 해를 거듭해 누적되었고, 퇴직한 뒤 이제는 고칠 수 없는 고질병이 확실해 보인다.

두드러진 증상 몇을 잠시 소개하자면 하나는 사소한 문제 지적과 훈계다. 아이들 잘못을 지적해 꾸짖고 훈계하던 교사의 직업상 업무를 남편한테도 그대로 대입한다. 대부분이 자잘한 것이라서 쓸데없는 잔소리로만 들리는데도 버릇을 버리지 못한다. 그것이 잘못된 것이고, 나에게는 해당이 되지 않는다고 수차 밝혀도 좀체 달라지지 않는다. 치유가 불가능해 보이는 게 분명한 교사 직업병 증상이 아닐 수 없다.

둘은 자기 행위를 반성하지 않는다. 학생에게 반듯하고 바람직한 모습을 보여야 하니 선생은 절대 오류가 없어야 한다는 생각, 최소한 아이들이 보고 있을 때는 언제라도 그렇지 않아야 하니 자신도 모르게 어느새 신적인 경지의 절대선絶對善으로 치장하여 교사 일을 하였던 터라 자기 잘못을 인정하지 않는다. 타인 잘못은 잘 지적하면서 그와 똑같은 자기 행위에 대해서는 인정하지 않거나 속으로는 동의할지 몰라도 결코 말로 드러내 시인하거나 사과할 줄 모른다. 역시 중증의 교사 직업병 증후군이 맞는다.

셋은 타인의 말을 잘 들으려하지 않는다. 학생 앞에서 최고 전문가로 군림하면서 무엇이든 전지전능한 역할로 수십 년을 지낸 터라, 자기 이상의 전문가를 인정하지 않는다. 교사를 가르쳐 배출한 교수 말도 받아들이려 하지 않는다. 이미 자신은 최고인데 다른 전문가가 있을 수 없다는 태도가 굳건하다. 그러니 발전할 기회를 놓치고 20년 전이나 지금이나 별 변화 없이 정체 상태인데, 그게 참 문제인 줄 모른다. 그걸 문제 삼으면 오히려 짜증내고 공격적으로 덤벼들기 일쑤다.

교사와 비슷한 구석이 있지만 국민의 현재와 미래 삶에 가장 큰 영향을 끼치는 직업이 있다. 다 알다시피 우리는 그 직업을 대통령이라 부른다. 수십 년을 할 수 있는 다른 대다수 직업과 달리 현 제도상 단 5년만 할 수 있다. 그 시간으로만 보자면 결코 직업병에 걸릴 것 같지는 않다. 과거 몇 대통령은 십년 이상 그 직업을 가졌기에 병에 걸려서 자진 사퇴도 했고, 부하의 총에 맞기도 했다. 그 병을 완화시키려고 7년만 하도록 했다가 절간에 쫓겨 가기도 해서 5년으로 줄였는데 여전히 그 병은 없어지지 않는다.

이 직업병 특징은 다른 직종이 교직처럼 오랜 시간이 걸려야 하는데, 이 병은 그 일에 발을 내딛는 순간부터 발병한다는 점이다. 전임자가 이 직업병 중증 환자로 청와대를 떠나는 걸 뻔히 국민과 함께 확실하게 보았는데도, 그곳으로 걸어 들어가는 순간 놀랍게도 번갯불 속도로 병에 감염된다는 사실이다. 그 신속성과 치유 불가능한 중증은 여러 부작용이 넘쳐서 죽음에 이르는 병인데도 그걸 고치려 하거나 조심하지 않는다. 자신만은 대통령 직업병 환자가 안 될 것이라는 독선과 아집과 모르쇠와 거짓과 불통의 후안무치 병원균이 온몸을 휘감는 줄 깨닫지 못하는 채 이게 널린 속으로 들어가는 환자복을 자청해 입는다.

대통령 직업병의 여러 증상은 따로 말 안 해도 널리 알려져 있으니 군말할 게 없겠다. 다만 그 병을 앓다보니 대통령 직업에서 은퇴하고도 여러 후유증에 시달리며 여생을 보내는 걸 보는 것은 편치 않다. 그들이 구설에 오르내렸거나, 폐쇄 공간에 갇혔거나, 돌처럼 별안간 바위에서 떨어졌거나, 자식들이 불편한 삶을 살아가거나, 곁에서 그 직업을 도왔던 사람들의 불행한 말로가 전해질 때면 이 직업병 폐해가 심각한 걸 실감할 따름이다.

이 시대 대표 유행어가 왜 힐링healing인지 생각해보면 도처에 널린 직업병 환자를 위한 말이 아닐까. 직업병이 만연한 시대에 우리는 살고 있고, 아주 짧은 기간제 직업인 대통령에까지 그 병이 요 근래 더 심하게 퍼진 것을 보면 위세를 실감할 수 있겠다. 이렇다 해서 어떤 직업의 경우도 그 병에 시달리는 사람에게 마땅한 치유책을 나는 찾아줄 수 없다. 다만 직업병이 만연한 이 시대를 건너가는 치유의 비책을 각자 가슴에 품고 살아가길 바라는 마음만 간절할 뿐이다.

아내 직업병에 힘들게 견디며 치유책을 찾아내 살아가지 않을 수 없는 처지가 가련하기만 하다. 직업병 환자 가족인 나처럼 병자가 통치하는 세상을 살아내야 하는 국민이 정녕 애처롭기만 하다. 직업병 환자 아내일지라도 나야 그녈 버릴 수 없지만, 5년 뒤엔 병증 정도가 조금이라도 덜한 대통령을 만날 희망이라도 품고 견디며 우리 국민은 살아갈 수 있으니, 그래도 나보다 좀 낫지 않은가 싶다. (2017.8.)

꿩 대신 닭

옥상에 닭장을 만들어 놓았다. 동네에서 집 짓고 남은 합판을 쌓아놓은 걸 지나다 보았다. 폐목재로 버릴 것이 분명했다. 현장 감독에게 합판 몇 장 얻고 철망과 경첩을 사서 단층 닭집을 대충 꾸몄다. 횃대도 만들어 놓고 사료통도 만들어 넣었다. 그런대로 서너 마리는 키울 수 있을 정도다.

대문 옆 마당 한 구석 닭장에서 여러 마리 키우던 어릴 적 집 생각이 났다. 까마득한 기억의 숲 너머라서 세세한 일은 떠오르지 않지만 그때 이후로 집에서 닭을 키울 수는 없었다. 서울로 이사하여 도시 삶을 꾸려가는 데 어찌 닭장을 만들고 병아리를 키운단 말인가. 봄철에 병아리를 파는 장터를 보면 가끔 유혹을 느꼈지만 불가능한 현실이라 고개를 돌렸다.

마당이 딸린 주택으로 이사 오며 그런 생각을 잠시 품었지만 겨우 얼마 전에야 보다 구체화 되었다. 농촌 출신 후배가 우연하게 병아리를 집 안에서 키운다는 얘기를 듣고 난 뒤였다. 아파트에서도 기르는데 비하면 우리 조건이 더 좋다. 실외 공간을 따로 갖고 있으니 충분한 조건이다. 필요한 조건은 닭장을 만드는 일인데 이웃 도움으로 마련한 셈이다.

후배한테 병아릴 구하는데 협조 요청하자 그마저도 해결해 주었다. 처음 키우는 것이라 병아리에서 닭으로 크기 시작하는 중병아리 다섯 마리를 얻어 주었다. 솜털이 아직 부스스한 병아리를 닭장에 풀어놓자 낯선 듯 서로 웅크리고 모여 있다. 물과 좁쌀을 넣어주고 하룻밤을 조마조마 보냈다.

자주 오르락내리락 거리며 모이 주고 똥도 쳐내고 닭을 키워나갔다. 인터넷으로 사료를 주문하여 먹였다. 하루하루 다르게 크더니 드디어 볏이 나오고 성체 닭으로 자랐다. 수탉은 울었고 암탉은 알도 낳았다. 알 낳는 모습을 운 좋게 몇 차례 지켜보기도 했다. 금방 난 달걀의 따스한 온기는 보람과 고마움을 맛보기에 넘치고도 남았다.

닭을 키우면서 어느 날 "꿩 대신 닭"이란 속담이 생각났다. 닭이 꿩만 못하단 인식이 담긴 말이다. 꿩을 키워본 바 없으니 둘을 비교하기는 무리인 줄 안다. 하지만 이 말에 얼마쯤

219

항변하고 싶다. 서로 타고나 사는 바도 다르고 쓸모도 다른데 하나를 다른 것의 대용품으로 삼는 것이 과연 올바른 처우인가 의문이다. 닭은 꿩과 다른 제 나름 고유의 몫과 가치가 있지 않을까 하고, 닭장의 닭을 바라볼 때마다 느끼곤 한다.

(2018.1.)

그것이 궁금하다

어떤 남녀의 개별 사연을 타인이 뭐라 한다. 얼마 전 국제 영화제에서 수상한 유명 여배우와 감독 경우가 그렇다. 그들을 비난하는 편 잣대로는 스캔들이다. 로맨스로 보는 건 둘만 그럴지 모른다. 그건 진정 스캔들일까, 로맨스일까? 정말 궁금하지 않은가.

과거로 돌아가면 유사한 사건이 여럿 있다. 국내에선 영화배우 최무룡과 김지미도 그런 일이 있었고, 외국에선 잉그릿드 버그만도 그랬다 하고, 엘리자베스 테일러도 그런 걸로 알고 있다. 이런 일은 꼽아보면 적지 않다. 요즘만이 아니라 앞으로도 흡사한 사고가 끊이지 않을 것이다. 남녀 사이에서 일어나는 어쩌면 자연스러운 일인지 모르겠다.

인간 로맨스는 모두 부러워한다. 아름다운 사랑의 행태로 보며 누구나 선망하는 일이다. 본능적 애욕의 당연한 발현으로 받아들이기 때문이라, 자기를 귀애貴愛하는 마음으로 다른 누군가를 사랑하는 것으로 보는 셈일까. 남을 사랑한다는 것은 자기애가 외부로 향한 것이니 그럴 만도 하다는 생각이 든다.

문학에선 로맨스가 단골 주제의 하나다. 선화공주와 서동, 평강공주와 온달 설화는 성춘향과 이몽룡으로 이어지고, 서양에선 로미오와 줄리엣이 대표적이다. 젊은 남녀 사랑이 아름다운 결실 혹은 비극적 결말로 다를지라도 분명한 것은 이 로맨스를 비난하거나 부정적으로 볼 꼬투리를 찾기 어렵다. 독자 마음에 선망의 불씨를 심어두는 아름다운 로맨스가 아니던가.

치정癡情이라 불리는 스캔들은 흔한 시빗거리다. 손가락질을 해야만 하고 외면해도 좋은 죄악 하나로 보려한다. 성경에서 말하는 부정한 간음 시선에서 멀리 벗어나지 못한다. 이 또한 문학에서도 즐겨 다룬다. '금병매'의 서문경과 반금련, '적과 흑'의 줄리앙, 이광수 '유정'의 최석과 남정임, '차털리 부인의 사랑'에서 코니와 멜라스, '마담 보바리'의 엠마 등이 소설에서 만나는 스캔들 주인공이다. 대중 사회 시각에선 그렇게 볼만하지만 작가는 스캔들을 로맨스로 전환시키고 싶어 한다. 이 판단은 독자 몫이지만 가능한 일이라 토를 달기 어렵다.

현실이나 문학에서 드러난 사태는 동일하지만 한 편에선 로맨스나 다른 시선에선 스캔들이다. 누구라도 자신과 주인공에게 벌어진 상황을 스캔들로 인정하기 꺼린다. 향기가 폴폴 나는 로맨스로만 보고 싶어 하니 자기애가 넘쳐서 그런지 모른다. 자존감이 드러난 것일 수도 있고, 생명체 본연의 외침일 수도 있겠다. 아니면 각자 인생을 너무 사랑해서 일어나는 착각은 아닐까. 일회적 인생이 아쉬우니 고집스럽게라도 본능 따라 직진하는 것일까.

대다수는 남의 로맨스를 굳이 스캔들로 보고 싶어 한다. 경쟁 심리일까, 부러움의 반작용일까. 타인에게 일어난 일은 스캔들 관점에서만 보려고 한다. 내 것이 중요한 만큼 남 것은 깎아내리고자 하는 감정적 시샘의 심리에서 그런 것일까. 스캔들을 로맨스로 보아 줄 관용은 진정 조금도 없는 것인가. 나만의 시계視界를 너한테는 사랑으로 바꿔 줄 비책은 아예 없는가. 공동선을 향한 선의는 두꺼운 책에만 존재하는가.

스캔들과 로맨스는 부러움과 시기의 반영인지도 알기 어렵

223

다. 스캔들과 로맨스 바닥에 깔린 마음 뿌리는 무엇일까. 로맨스는 부럽지만 남의 것이기에 질투심이 작용하여 스캔들로 덧칠하고 싶은 것일까. 내 것이 아니니 멀찍이 바라볼 거리감이 작용해서 진실을 발견하는 때문인가. 스캔들과 로맨스가 합치하는 세상은 진정 없는 것인가. 음양의 조화처럼 화합과 원융圓融의 보름달은 하늘에만 떠 있는지 궁금하기만 하다.

스캔들과 로맨스 사이에 어쩌면 진실이 숨겨 있을지 모르겠다. 사태 본질은 로맨스도 아니고, 스캔들도 아닌 그 사이 어디쯤에 오뚝하니 앉아있는 건 아닐까. 사물 무게 중심이 양극단이 아니라 중심점에 놓이는 것처럼. 스캔들도 시간이 흐르면 로맨스로 바뀌기도 하니 말이다. 스캔들이건 로맨스건 변치 않고 영원무궁한 것이 참말 세상에 실재하기는 하는 것인가.

타인의 글을 볼 때 나는 스캔들 관점에서 보게 된다. 읽다 보면 문제만 자주 눈에 뜨인다. 지적할 것이 손쉽게 잡힌다. 남 제사에 배 놓아라, 감을 놓아라, 참견하고 싶다. 장기판 훈수 두는 것 마냥 재미가 쏠쏠하다. 어쩔 땐 스캔들처럼 떠벌이고 싶다. 그런데 내 글은 로맨스로만 보인다. 타인 글을 읽으며 한 눈에 보이는 문제가 좀처럼 눈에 띄지 않는다. 작은 것이라도 캐어내고 쑤셔댄다면 흠집을 찾아낼 수 있을 테고, 타자 눈으로 보아가면서 거꾸로 보고, 뒤에서도 보려 한다면 스캔들 거리를 찾아낼 수도 있겠지만 말이다.

글을 읽고 뭐라 하는 건 스캔들을 캐는 민완 기자를 닮아간다. 로맨스보다는 스캔들에 세상 이목이 더욱 관심을 끌기 때문이라 그런가. 로맨스보다 스캔들을 다루는 것이 한층 흥미가 솟아난다. 자기 열등감을 은근하게 감추고 우월감을 슬쩍 대신 드러낼 수 있어서일지 모른다. 누구라도 열등감은 숨기고 우월감을 내놓고 싶어 하지 않는가. 문인상경(文人相輕: 작가는 남의 글을 가벼이 여긴다)이란 말은 괜히 나왔을까.

작품을 읽으면서 로맨스로 보려하거나 스캔들에 치중한다면 결코 바르다 하기도 어려울 터. 로맨스 시선에서 멀고, 스캔들 관점에서도 벗어난 쪽으로 다가서게 볼 수만 있다면 얼마나 좋겠는가. 어쩌면 진짜 감상은 스캔들과 로맨스 사이 어디쯤에 있을 것만 같다. 내 독서도 자주 스캔들과 로맨스 사이에서 길을 잃는데, 왜 그런지 무척 궁금하기만 하다. (에세이문학, 2017년 여름호)

해파랑길

부산 오륙도 해맞이 공원에서 미포 구간이 해파랑길 1코스 구간이다. 지난해 사전 답사 겸 차를 몰고 돌아보았지만 걷기 위해 지금 비로소 나선 길이다. 여기서 출발하여 강원도 휴전선 아래 고성까지 770여㎞ 50구간 코스가 기다리고 있다.

해파랑길 코스는 대략 하루에 걷기 적당할 정도로 구분해 놓았다. 총 50개 구간으로 나누었는데, 짧은 길은 7㎞(30코스)부터 긴 길은 23.3㎞(25코스)요, 걷는 예정 시간은 짧게는 2시간 30분(30코스)부터 8시간(16코스)으로 안내한다. 물론 이 안내는 여러 사항을 고려하여 만든 것으로 개인차와 기후에 따라서 실제는 다를 터이다. 중간에 휴식을 얼마나 하느냐에 따라서도 많은 차이가 난다. 각자 보속과 컨디션에 따라 조정할 일이나 대략 기준이 있어 참고하기에 좋은 정보이다.

2015년 봄에 스페인 산티아고 순례길을 걸었다. 그 거리도 800여㎞로 해파랑길과 비슷하다. 그곳 안내 자료에는 30일 코스를 추천하지만 아내와 친구와 함께 34일 걸렸다. 그에 비하면 거리는 비슷한 해파랑길이지만 훨씬 오랜 시일로 짜였다. 비슷한 거리인데 이처럼 큰 차이를 두는 것은 그만한 사정이 있을 거라 짐작한다.

해파랑 첫 코스 길에 이제 나선다. 설렘이 동해 바다 파도처럼 밀려온다. 파도는 보기 좋지만 언제나 그런 것은 아니다. 해일로도 바뀔 수 있듯 설렘 따라 예상하지 못한 일도 일어날 수 있다. 이런저런 두려움도 나란히 배낭 한쪽에 담고 걷는다. 안내한 예정 일수보다 늘어날지 줄어들지 그것은 걸어가며 부딪히며 알아낼 수밖에 없으니 일단 발길 따라 나아간다.

출발지에서 스탬프를 찍고 기념사진도 아내와 박았다. 오늘은 2017년 10월 23일이다. 마지막 50코스를 마치는 날이 언제일지 지금으로서는 알 방도가 없다. 외국 낯선 곳이 아니라서 쉴 새 없이 쭉 걸을 생각은 아니다. 전 구간을 몇 토막 내어서 갈치구이 먹듯이 나누어 걸을 예정이라 내년쯤 끝날 것이다. 쉬지 않고 걸어가야 할 이유도 없고 그리하고 싶지도 않으니 형편 따라 걸으면 그만이다.

이런 길을 걸으며 몇 가지를 기록한다. 출발 일자와 시각, 걷는 도중 안내 지도에 나와 있는 중요 지점 도착 시각을 적고 숙소 이름과 비용 등도 적어둔다. 이것은 거의 필수로 따라붙는 내용이다. 부가적으로 걸으며 떠오르는 단상이나 감상도 따로 적으며 수필 글감이 될 수 있는지 골라서 적는다. 이것이야말로 중요한 것인데, 자주 그런 것을 만나지 못해서 아쉬울 때가 많다. 분명코 멋있고 아름다운 풍경이라서 아내는 열심히 사진에 담는데 나는 무어라고 적을 게 떠오르지 않는다. 머쓱한 일이고 안타깝지만 억지로 허위 감정을 지어내고 생각을 쥐어짜며 두뇌를 괴롭히고 싶지는 않다.

걸으며 만나는 풍경과 어촌 마을 풍정風情이 새롭고 낯설고 신기하기도 하다. 간단없이 오고가는 생각도 바다를 나르며 오가는 갈매기 따라 다가왔다 떠나가고 오르고 내리며 흔들린다. 이런 생각 모두 글감이 되는 건 아니어서 순간순간 생각과 감정은 소중하지만 갈매기가 물고기 낚아채듯 필사적으로 잡아채진 않는다. 자연을 무심히 대하듯 자연스럽게 놔두어 버린다. 매번 그것을 잡아채려면 강박증으로 걷기 더 힘들 것이니 편안히 마음을 놓는다. 다가오는 것도 떠나가는 것도 파도를 몰아오는 바람 대하듯 한다.

해파랑길 1코스는 자연과 문명이 충돌하는 길이다. 오른편에 펼쳐진 넘실대는 파도와 바람, 절벽 길과 돌바닥 산길은 자연이다. 사람이 걷기에 불편하고 위험한 길은 나무판자로 다리를 놓고 길을 만들었다. 광안리와 해운대 모래밭에서는 때마침 공사하고 있다. 문명의 힘자랑을 한껏 펼쳐 보인다. 문명의 힘이기도 하지만 그대로 자연을 파괴하는 중이기도 하다.

사람이 길을 걷는 것은 자연을 따르는 행위다. 자연을 따르기 불가한 곳은 문명의 도움을 받아야 한다. 차가 달리게 만든 포장도로를 따라 걷기도 한다. 험한 길엔 안전하게 난간도 만들고 줄도 매어서 그 안으로 걷도록 한다. 나무판자를 깔아서 길을 내고 계곡을 건너게 한다. 이런 시설이 없다면 걷기 힘들거나 걸을 수 없을 수도 있다. 걷고자 하는 마음을 살리고 가능한 물리적 환경을 만들려면 어쩔 수 없기도 하다.

나무판자가 깔린 길을 걸으면서 편리함에 고마운 마음을 품는다. 고마운 마음이 한편 어깨를 가볍게 하면서도 다른 어깨는 자연스런 불편도 겪었으면 한다. 자연과 더욱 많은 것을 만나고 부딪치길 바라는 마음이다. 걷자고 나선 것은

229

인공이 간섭하지 않는 순연함인데 편리함을 쫓다가 순정함을 잃을까 걱정이다. 문명과 자연의 조화로운 만남, 최소한 인공과 최대 자연을 만나는 길을 걷고 싶다. (2017.10.)